EUGÈNE ET MOI

Depuis l'enfance, Katherine Pancol vit dans les livres et invente des histoires. Elle était la plus fidèle adhérente de la bibliothèque municipale où elle lisait les auteurs par ordre alphabétique. Balzac et Colette sont ses deux maîtres absolus. Après des études de lettres, elle enseigne le français et le latin, mais attrape le virus de l'écriture en devenant journaliste. Un éditeur lui demande d'écrire un roman. Ce sera *Moi d'abord*, qui connaîtra un énorme succès. Elle part vivre à New York où elle restera dix ans. Elle continue d'écrire : *Les hommes cruels ne courent pas les rues*, *J'étais là avant*, *Un homme à distance* et bien d'autres livres encore. En 2006 sort le premier tome de sa saga, *Les Yeux jaunes des crocodiles*. La rencontre avec le public est immédiate. En France et dans le monde entier. Suivront entre autres *La Valse lente des tortues*, *Les écureuils de Central Park sont tristes le lundi*, la trilogie *Muchachas* ainsi que *Trois baisers* et *Bed bug*.

Paru au Livre de Poche :

BED BUG

LES ÉCUREUILS DE CENTRAL PARK SONT TRISTES LE LUNDI

EMBRASSEZ-MOI

ENCORE UNE DANSE

ET MONTER LENTEMENT DANS UN IMMENSE AMOUR…

J'ÉTAIS LÀ AVANT

MUCHACHAS (3 vol.)

TROIS BAISERS

UN HOMME À DISTANCE

LA VALSE LENTE DES TORTUES

LES YEUX JAUNES DES CROCODILES

KATHERINE

PANCOL

Eugène et moi

Dessins d'Anne Boudart

ALBIN MICHEL

ISBN : 978-2-253-93635-0 – 1re publication LGF

À Eugène…

1
Mexique

Un soir, sur mon fil Instagram, apparaît un post d'Eugène.

Cela fait deux lustres (un lustre = période de cinq ans qui correspondait, au temps des Romains, à l'intervalle entre deux recensements) que je ne l'ai pas vue. Elle ne dit pas où elle se trouve. Elle a posté une photo d'une belle maison sur une plage à marée basse, et elle a écrit : « Moment de grâce et de beauté. Peut-être un jour ouvrirons-nous les yeux sur les splendeurs de la nature plutôt que sur notre petit nombril dérisoire ? On a intérêt parce que sinon… Bande d'abrutis ! »

Je ferme les yeux, heureuse. J'ai retrouvé Eugène.

Notre première rencontre s'était passée à Orly. J'avais vingt ans, je fuyais un amant possessif, ombrageux, difficile. J'avais acheté un billet charter pour Mexico (une offre exceptionnelle « à un prix défiant toute concurrence »).

Au moment d'embarquer, panique ! *Je suis folle de partir là-bas, je ne connais personne, je bredouille l'espagnol et ne roule pas sur les pesos !* J'attrape mon sac, me lève, cherche la sortie, quand mon regard tombe sur une fille assise bien droite, dont la tête dépasse celle des voyageurs tassés sur la banquette : des yeux très verts, une salopette bleue de pompiste brésilien, une large ceinture à paillettes rouges, des sandales compensées, des chaussettes multicolores. Elle repasse ses cheveux. De longs cheveux roux auburn ondulés. Une main empoigne le fer (un vrai !), l'autre maintient les cheveux bien à plat. Les gens la dévisagent. Elle s'en fiche et finit d'aplatir ses racines. Puis elle débranche le fer, le range dans un énorme sac à ses pieds, tire ses cheveux en arrière et sort un gros chouchou en strass rouge. Un tour, deux tours, trois tours. Elle lisse son crâne, satisfaite. Extirpe un livre de son sac, *Anna Karenine*, et s'y plonge.

Je veux connaître cette fille.

Je ne sais pas où elle va m'entraîner, mais j'ai envie d'y aller.

Je pars pour Mexico.

Après le décollage, je tourne la tête dans tous les sens pour apercevoir la fille au fer à repasser. Personne en vue. J'arpente les allées, frappe à la porte des toilettes, scrute chaque femme qui ronfle sous son masque. En vain. Et puis, je tire le rideau de la classe affaires… Elle est là. Elle joue aux cartes avec son voisin, un gros Américain en chemise en Lycra et cravate ficelle fermée par une tête de vache plaquée or. Il mord un cigare et porte des lunettes noires d'où dépassent deux sourcils furieux. Je les observe. « Gin », « grand gin », « je descends à cartes », elle annonce, tranquille, en raflant la mise. L'homme peste en anglais et jette ses cartes.

— Je vous dois combien ?

— 1 200, dit la fille.

— Un chèque ? dit le mec.

— Non. Du liquide.

— Alors on va faire 1 000…

Il se déhanche, plonge une main couverte de bagues dans sa poche, en sort une liasse de billets bien propres, bien repassés (comme s'il venait de voler une banque), en compte dix, les tend à la fille qui les attrape et en pique deux autres, « les dettes de jeu ne sont pas négociables. Désolée ». L'homme fait un signe à l'hôtesse et demande à changer de siège.

Je me glisse à sa place. Me présente.

— Katherine…

— Eugène, elle répond en rangeant ses billets dans ses hautes chaussettes multicolores.

— Vous les planquez ?

— Pour pas qu'on me les vole. Je fais pas confiance aux douaniers ni aux flics. Vous êtes française ?

— Oui. Vous aussi ?

— *Yes*. Vous allez faire quoi au Mexique ?

— Je fuis un type, un jaloux, un enragé...

Elle pousse un soupir fatigué, comme s'il était inutile de développer.

— Vous y connaissez des gens ?

— Personne.

— Vous parlez espagnol ?

— Moyen. Niveau école.

Elle sourit.

— Et en France, vous faites quoi ?

— Je travaille dans un journal. Je débute. Ce sont mes premières vacances. Et vous ?

— Je fais le tour du monde. Quand je suis fauchée, j'arrête, je travaille comme dame téléphone ou dame pipi. Dès que j'ai assez d'argent, je repars.

— Vous devez avoir un succès fou comme dame pipi ?

— Je séduis les gentils et rançonne les méchants. C'est fou tout ce que sait une dame pipi, elle a plein d'arguments. Je travaille dans les palaces. On y gagne bien sa vie. Petite robe noire, tablier blanc, coiffée, maquillée, délicatement parfumée. Je nettoie pas les cuvettes avec une brosse à dents !

— Et vous voyagez en classe affaires en jouant au gin ?

— C’est comme ça que je rembourse mon billet et paie une partie de mes voyages !

Mon aventure avec Eugène commençait.

Quand l’avion atterrit à Mexico, Eugène me lance :

— T’as des bagages ?

— Un sac.

— Va le chercher. Tu sortiras avec moi. On va filer fissa au cas où l’Américain ait des copains à l’aéroport.

— T’as triché ?

— T’es dingue !

— Ben alors ?

— Il pourrait avoir envie de me dérouiller. T’as jamais entendu parler de la vanité masculine qui tourne à la violence quand elle est contrariée ?

Ben si… C'est même pour ça que je me suis jetée sur le billet Paris-Mexico. Partir le plus loin possible pour ne plus être harcelée. Même dans un restaurant trois étoiles, il me fait pleurer parce que je souris aux mots gouleyants du sommelier. Et mon verre de cheval-blanc a un goût salé.

On cavale jusqu'à la sortie, on saute la ligne des passeports, celle des douaniers, la case bagages, et hop ! dans un taxi direction la Zona Rosa, *Casa María del Mar*.

— C'est un bel hôtel, dit Eugène.

— Mais j'ai pas un rond !

— On va se dé-brouil-ler.

C'est le mantra d'Eugène. « Sans risque, la vie est trop triste. On n'est pas des touristes. On va se débrouiller. »

La Zona Rosa est un quartier gai, pimenté, électrique. À droite : le musée Frida-Kahlo. Au nord, le Paseo de la Reforma, au sud, l'avenue Chapultepec et le parc. Des restaurants, de la musique, des clubs pour hommes, des clubs pour femmes, des strip-teases et l'hôtel aux murs orange, jaune, violet, la piscine verte, le carrelage bleu pétrole, des plantes vert anis, des fleurs en corolles qui rigolent, un paradis.

Eugène me prête un livre, j'ai oublié d'en prendre un. *Les Enfants de Sanchez*, d'Oscar Lewis, raconte la vie d'une famille dans un bidonville de Mexico. Triste, très triste, drôle et violent. Je ris, je pleure, j'en oublie de respirer.

Casa María del
TAXI
KŠA-91-31
Tadaaa!

Eugène m'observe.

— Si t'avais pas aimé lire, je t'aurais crachée comme un pépin de raisin.

On traîne dans les cafés. Souvent, elle disparaît dans une salle enfumée et ressort en courant. J'ai à peine le temps de payer, de refermer mon livre, que je pédale derrière elle.

Le soir, elle met sa « tenue de soirée », enfile deux chemises d'homme l'une sur l'autre, un jean retroussé, ses sandales compensées, repasse ses longs cheveux roux, les lâche, peigne ses cils à la Twiggy, ajoute une ribambelle de bracelets, et on déambule.

Parfois elle ne rentre pas dormir, parfois je ne rentre pas dormir. On se retrouve au petit déjeuner. J'ai emporté une boîte de pilules. Pas elle. Elle ne croit pas aux enfants. Elle a décidé de ne jamais tomber enceinte. Quand les garçons nous embêtent, Eugène sort son fer à repasser. Ils s'enfuient en criant « *¡loca, loca!* ».

Un soir, Eugène décide de lever le camp.

Pour aller où ?

De toute façon, je n'ai pas le choix, je n'ai plus de pesos. Et Eugène veut tenter sa chance au casino.

On part. En stop. Direction Acapulco. Neuf cent cinquante kilomètres au bout du pouce. Deux filles sur la route en jean coupé, tee-shirt, bandana, lunettes de soleil, portant chacune un énorme sac. Et un fer à repasser. Il reste encore des billets dans les chaussettes d'Eugène, mais ses mollets commencent à dégonfler. On va bientôt manquer de pesos.

Il nous faut trois camions et un pick-up Chevrolet pour quitter Mexico. Eugène a des principes en matière d'auto-stop : un seul homme dans le véhicule, l'intérieur ne doit pas sentir l'alcool, fouille de la boîte à gants et des vide-poches pour vérifier qu'il n'y a pas d'arme.

— Quoi d'autre ?

— Pas de familiarités. Garder l'œil ouvert tout le temps.

— Et si ça se gâte…

— On saute en marche. J'ai du Mercurochrome et des pansements.

— Ça t'est déjà arrivé ?

— Je suis encore vivante, non ?

Parfois on attend des heures en plein soleil. On cherche un café sur le bord de la route, on boit un jus d'ananas glacé et on sort nos bouquins. Je finis *Les Enfants de Sanchez*, Eugène, *Anna Karenine*.

— Je tomberai jamais amoureuse, elle dit. Ça pue.

— Moi, ça m'arrive tout le temps.

— Le mec que tu fuis, t'es amoureuse de lui ?

— Pas vraiment, mais quand il s'approche je perds tous mes moyens. C'est pour ça que j'suis partie très loin.

— Tu vas le retrouver au retour.

— M'aura peut-être oubliée !

— Te lâchera pas facilement. C'est grisant d'avoir le pouvoir sur quelqu'un. Je déteste les machos.

— Il est pas macho. Juste ombrageux.

— J'aime les mecs très jeunes, très beaux, timides. Le genre sensible. Et, très important… c'est moi qui drague.

— Ben moi… c'est le contraire. Je suis une princesse et je veux qu'on m'assiège.

— T'es foutue ! Tu finiras derrière un évier avec trois gosses accrochés à ton tablier.

J'y crois pas une seconde, mais elle a quatre ans de plus que moi. À vingt ans, ça impressionne.

Eugène a appris à jouer au gin à Saint-Tropez avec de vieux roublards, sur la plage de Moorea. Et au poker, au black jack, au craps. Appris aussi à les tenir à distance.

À Acapulco, elle connaît un hôtel simple mais chic. Le directeur, un Américain vêtu d'un jean rose, d'une chemise pervenche, croulant sous les bracelets et les colliers, hurle « Uuugiiine » à notre arrivée.

Il nous conduit en chaloupant dans notre chambre (on n'a plus les moyens d'avoir chacune la nôtre). Les bras en croix sur l'un des deux lits, je répète « Acapulco, je suis à Acapulco. Là où John Kennedy a emmené Jackie pour leur voyage de noces ! ».

— Et il l'a trompée tout du long ! La pauvre rongeait ses ongles en l'attendant. J'aurais détesté être mariée à ce type-là.

— Dis donc… tu détestes tous les mecs, toi.

— Pas tous. Mais tu as raison, je déteste pas mal de gens ! C'est pas une question de sexe.

— Comment tu fais pour vivre ?

— Je vis pas, je survis. Et je voyage pour oublier !

Ce soir : CA-SI-NO. Poker ou black jack pour Eugène. Moi, sais pas. Je n'ai jamais casinoté.

Je suis vite prête. Jean, tee-shirt, bottes mexicaines, ample chemise de gaucho à carreaux trouvée dans la cabine d'un routier, créoles-roues de bicyclette, brossage cheveux tête en bas, un peu de blush, un peu de poudre, du brillant sur la bouche. *Let's roll, Acapulco!*

Le casino est à deux pas.
CLAC!
¡De nada!

Eugène prend son temps. Elle repasse ses cheveux sur une serviette de toilette. Une couche de P.Q. entre le fer et les cheveux pour ne pas les brûler. Elle se maquille. Un peu, la bouche (un trait brun pour ourler les lèvres). À la folie, les yeux. Rimmel dans une boîte noire où elle crache jusqu'à obtenir une pâte molle qu'elle étale sur les cils avec une brosse. Ça lui fait un balai-brosse à chaque œil. Un trait d'eye-liner en haut, des cils peints au pinceau en bas, une banane en poudre brun doré au pli de la paupière supérieure. Deux pas en arrière. Elle se scrute dans la glace. Oiseau de proie, impassible et sévère. Profil droit, profil gauche. Retouches.

Elle ne se démaquille pas. Dort sur le dos pour que les cils ne s'emmêlent pas. Son maquillage tient ainsi plusieurs jours.

Enfin, tel le matador avant d'entrer dans l'arène, Eugène se vêt. Deux chemises d'homme superposées, un short shortissime sur deux longues jambes bronzées, des chaussettes colorées et des sandales compensées. Bracelets aux poignets, bandana autour du cou, noué.

Autre mantra d'Eugène : « Tout faire avec sérieux, même les choses les plus futiles. »

Assise sur mon lit, j'observe.

— Il est beau, cet hôtel ! Simple mais classe.

— Normal, c'est moi qui l'ai dessiné et décoré.

— Toiiii ? je couine.

— La dernière fois que je suis venue. J'ai travaillé sur le projet pendant trois mois. J'ai tout imaginé. Les espaces, les couleurs, les rideaux, les meubles, les moquettes, les carrelages, les salles de bains, les chambres. José Luis m'avait donné carte blanche.

— Le monsieur qui chaloupe, en chemise pervenche ?

— *Yes*. Il a suivi toutes mes instructions, et depuis son hôtel affiche complet. Hilton veut le racheter, le copier, en faire une chaîne de charme. On m'en a proposé la direction et un paquet de blé.

— Et…

— Pas envie.

— Mais t'es folle ! HILTOOOON ! LA GLOIRE INTERNATIONAAAALE !

— Non. Je veux bouger, découvrir, apprendre, pas me figer. Je suis trop jeune pour mourir sous les lingots.

— T'es total timbrée.

— Non, je sais qui je suis. Ce que je veux et ce que je ne veux pas. *Basta così*, on y va ?

On y est allées et… oh là là !

Ma vie a changé ce soir-là.

Au casino, Eugène me tend des jetons. Je refuse. Elle s'assied, masque de fer, à une table de poker, son gros sac à ses pieds, et je pars faire un tour.

Le casino porte bien son nom : *Emotion Casino*. Énorme gâteau ruisselant de néons, de jets d'eau, de flamants roses en plastique et de bars à mojitos. On est le 14 juillet (14, mon chiffre préféré), jour de la fête nationale. Je vais jouer à la roulette.

Oui mais… j'ai toujours pas de pesos.

Échouée au bar, je rumine. Un homme se penche vers moi.

— *¡Hola! ¿Qué tal?*

— Ça va, je dis en prenant l'air fiérot de l'habituée des casinos.

— *First time in Acapulco?*

Après, si j'ai bien compris, il me demande pourquoi je ne joue pas.

— *No dinero.*

— Vendre bijoux ? il dit.

— *No* bijou.

— Pas d'homme riche qui couvre toi d'or ?

Non, rien qu'un butor qui dépense son argent en restaurants et me fait pleurer dans mon cheval-blanc.

— Pas de bague ni de bracelet ?

Ah si ! J'oubliais ! Une chaîne en or autour du nombril. Sans fermoir. J'avais dû lever les bras et me tortiller pour qu'il me l'enfile. Ça faisait comme un lasso.

J'attrape mon gros sac, cours aux toilettes.

— *¡Me llamo Raoul!* lance l'homme.

Enfermée à double tour, je me déshabille, fais gicler la chaîne et file l'échanger contre des jetons. Le caissier tente de m'escroquer, mais Raoul arrive. On conclut à l'équivalent de 200 euros d'aujourd'hui. Cette chaîne en vaut bien plus, mais j'ai pas le choix.

À la roulette, je pose 50 euros sur le 14. Je ferme les yeux, chante *La Marseillaise* dans ma tête, *Allons z'enfants et chère patrie, faites que…*

Le 14 sort. Trente-cinq fois la mise ! Soit l'équivalent de 1 750 euros. À la table, les bouches grandes ouvertes soufflent une seule question : va-t-elle OSER ? Le mantra d'Eugène siffle dans ma tête, « Sans risque, la vie est trop triste ». Je laisse les 1 750 euros, prie Dieu, les anges, les archanges, la Vierge de Guadalupe, sainte Catherine Labouré, une vraie empotée, je confesse mes péchés, promets de ne plus jamais recommencer et… le 14 sort de nouveau. 61 250 euros.

K.-O., je suis.

Un officiel en uniforme s'avance, m'offre sourires, courbettes et champagne. Je demande à être payée en chèques American Express. Cherche Eugène partout, elle a disparu.

Mais pas Raoul. Il se tient tout près. Tout, tout près. Je prends le temps de le regarder. Raoul est beau. Grand, yeux verts, cheveux raides, noirs. Je tombe dans son sourire.

Je prétexte un coup de fil à donner et pars cacher mon magot dans les toilettes. Il faut que je le mette à l'abri. Avec ma pince à épiler, je dévisse une plaque d'aération, comme dans les films d'espions. Je remercie Dieu, promets de partager mes pesos (pas tout !) avec les enfants de Sanchez, « en échange, pendant que je fais la fête avec Raoul, veillez sur ma cassette ».

Chambre 2436, Raoul m'attend, et le paradis sur terre aussi.

Neuf heures du matin. Je rentre à l'hôtel avec des churros collants de sucre. Je piaffe à l'idée de raconter à Eugène ma nuit double cabriole.

L'écriteau se balance à la poignée de la porte, « Ne pas déranger », et au-dessus, écrit au feutre noir, « suis pas seule ».

Je m'assieds dans un fauteuil face à la chambre, mordille un churro en imaginant l'amant d'Eugène. Jeune, doux, habile, beau, beau, beau. Elle l'a assailli hier au casino, ligoté et ramené sur son dos. Je me demande si j'ai eu raison de laisser ma cassette aux toilettes. Comment faire autrement ? Raoul me suivait partout. Je somnole, les doigts dans le cornet de churros. Suis réveillée par une porte qui claque. Une longue fille brune se plante devant moi. Bijoux en pagaille, minijupe en Skaï, sandales dorées, cheveux bruns emmêlés.

— *Teresa. Encantada. Tu amiga es muy linda. ¡Adiós!*

Et elle tourne au coin du couloir.

Jolie, Eugène ? Pas vraiment. Elle a du chic, de l'allure. Un style. Cette manière d'afficher qui on est sans dire un mot. Un soir, dans la salle de bains, elle m'a expliqué, « la différence entre toi et moi, c'est que toi, tu veux plaire aux autres, moi, je veux me plaire à moi. Toi, tu te perds, moi, je prospère ».

Assise en tailleur sur le lit, elle dévore un œuf au plat sur une tartine.

— Eugène… T'aimes les filles ?

— Ç'aurait pu être un garçon. C'est pas une histoire de sexe, mais de personne.

— Je t'ai apporté des churros.

— J'aime pas. Trop gras.

Je balance les churros à la poubelle. Aperçois le fer à repasser sur la table de nuit.

— T'as eu peur de la fille ?

— Non ! Le fer, c'est pour montrer que j'ai pas peur. Que je peux m'en servir. Les gens deviennent violents quand ils sentent que tu trembles. Sinon ils se couchent.

— Pas faux.

— Et toi ? T'as passé la nuit avec qui ?

— Raoul, je soupire. Raoul est beau. Une nuit dingo-dingo.

— Épargne-moi les détails.

— Tu me demandes pas pourquoi « dingo-dingo » ?

— Suis très pudique.

— J'AI GAGNÉ À LA ROULETTE !

Et j'annonce le chiffre.

Eugène ouvre grand la bouche, pousse un cri de samouraï, se frappe le poitrail, rugit « 61 250 ! ». Elle se tend, se détend, explose tel un ressort.

Cette fois, c'est moi qui l'épate. Moi, la reine du frisson qui me balade à l'aise, les doigts dans les bretelles.

— Et il est où, cet argent ?

— Dans les toilettes du casino, je me vante, fière de ma cachette.

— Tu plaisantes ?

— Planqué dans une bouche d'aération !

— T'es folle ou quoi ? C'est la planque qu'on voit dans tous les films ! Si le Raoul est futé, il va aller vérifier.

— C'est en chèques American Express.

— Et alors ? Une signature, ça s'imite.

Je reste bouche bée. Je ne suis plus une géante. Eugène m'a mouchée.

— Vite, vite, on y va !

On file au casino. Traverse le hall. Déboule dans les toilettes. C'est le matin, ça sent le lendemain de fête et le nettoyant à la violette. Je montre la bouche d'aération à Eugène, lui tends ma pince à épiler. Croise les doigts, les genoux, les pieds. Invoque Dieu et tous les saints que j'ai sous la main, français et mexicains, et même Catherine Labouré, l'empotée.

Eugène s'accroupit, descelle la grille, et…

RIEN.

— Raoul ? je bredouille, un trou dans le ventre.

— Il a vu que t'avais gagné un gros paquet, il t'a suivie. Pas compliqué. Rappelle-moi, t'as quel âge déjà ?

Je réponds pas. Je suis vexée.

— Leçon numéro 1 : ne JAMAIS faire confiance à un homme. L'homme est un prédateur pour la femme. Leçon numéro 2 : séparer l'argent du mâle. La prochaine fois, tu planques les billets en lieu sûr et ENSUITE tu fais des galipettes. Et quand je dis « planquer », c'est pas imiter les vieux truands des films en noir et blanc !

Je baisse l'oreille. L'argent s'est volatilisé. Adieu les pesos aux enfants de Sanchez, les homards mayonnaise, les nuits dans des palaces balèzes ! Un bellâtre a régalé mon corps, distrait ma tête, volé ma cassette.

— Viens, on va prendre un café, dit Eugène en refermant la grille.

À la réception, mordillant les branches de ses Ray-Ban, Raoul parle au téléphone. Frais rasé, la mèche noire, le pantalon en lin bleu lavande, il rit à gorge d'opéra.

— On fait quoi ? je dis à Eugène.

— On se dégonfle pas.

Elle s'accoude à côté de lui. Sourit. Me montre du doigt. Se penche et chuchote. Il secoue la tête, lève les bras, se tourne vers moi et proteste dans un anglais impeccable.

— *¡Cariña!* Comment peux-tu croire que… ?

Je soupire en regardant mes pieds.

— Pourquoi tu es partie si tôt ce matin ? il demande, chagrin.

— C'est pas le moment des réclamations, coupe Eugène.

— Je t'avais préparé une surprise.

— Ben oui… On a vu, ricane Eugène.

— Pourquoi tu m'as volé mon argent ? je balbutie.

— Mais non ! Mais non ! Tu veux que je te le prouve ?

— Ah ! Ah ! s'esclaffe Eugène. Et comment il va faire ? J'aimerais bien le savoir.

— Restez là, toutes les deux. Je vais régler cette histoire. Non mais ! M'accuser d'être un voleur, moi, Raoul Garcia Morena de Andia !

— D'accord, on attend, dit Eugène en croisant les bras. Vous pouvez nous commander deux cafés et deux grands jus d'orange bien frais, pressés à la main ? On ne prend pas les Tropicana !

Et on attend. On regarde passer des gens gras en bermuda, des gens maigres et raides, des enfants aux joues rondes et sucrées.

— Et moi qui avais demandé à Dieu, aux anges et aux archanges de veiller sur ma cassette… Je ne prierai plus jamais, je dis à haute voix.

— Si. Pour leur demander de te mettre du plomb dans la cervelle ! Mais va falloir insister !

On est assises, toutes les deux, au bar du casino. Une paille dans nos jus d'oranges pressées. L'odeur de café câline nos narines. Faut que je pipelette car, dans ma tête, il y a Raoul, mes défaites, et ça tempête.

— Tes mollets ont dégonflé, je dis.

— Je sais. On frise la faillite. Je vais devoir reprendre les parties de gin. Faut juste que je trouve le bon client à plumer. La routine, quoi !

— Dis…

— Mouiiii ?

— Pourquoi tu t'appelles Eugène ?

Eugène s'affale dans un soupir.

— Et voilà ! T'es tombée dans le piège. Je comptais sur toi pour ne pas être comme tout le monde.

— Ben… c'est bizarre tout de même.

— Tu veux quoi ? « Savoir où je suis née, et à quoi ça a ressemblé, ma saloperie d'enfance, et ce que faisaient mes parents avant de m'avoir et toutes ces conneries à la David Copperfield » ?

— *L'Attrape-cœurs*, Salinger ! je crie en levant les deux mains comme à l'école.

Eugène me fixe, ravie.

— J'ai adoré ce livre ! je précise.

— Pas envie de parler de mon enfance.

— À ce point ?

— À ce point.

— C'était pour oublier Raoul que je disais ça. Tu crois qu'il va revenir ?

— Si ça se trouve, il est remonté dans sa chambre, il a fait sa valise et a filé par l'escalier de service.

— Ou alors, il cherche VRAIMENT le coupable. Il est allé trouver le directeur de l'hôtel, le service de sécurité, le personnel et tout et tout.

Eugène s'étrangle, s'empourpre, tourne la tête sur le côté, nez en l'air (c'est sa manière de montrer qu'elle est en colère).

— Et il va nous rapporter l'argent sur un plateau avec des excuses et une bouteille de champagne ? elle aboie. Arrête, tu m'énerves !

Je me tais. Me demande pourquoi je me fais rabrouer. Et si j'étais Nouille, Nunuche, Niaise, Nobody, tous ces mots qui commencent par un « n » et finissent très mal ?

Je regarde les mollets plats d'Eugène, les palmiers en plastique de l'hôtel, les touristes qui rappliquent, poches pleines, âmes vides. Elle va où, ma vie, en ce moment ?

Je sais plus du tout.

C'est alors que Raoul déboule.

Grand, enrobant, les yeux toujours verts, les cheveux toujours noirs, le sourire en banderole blanc de blanc. Raoul est beau. Quand je le regarde, je perds l'équilibre et verse dans le néant. Encore un mot qui commence par « n » et finit mal.

Il s'avance vers nous, le bonheur aux lèvres. Un grand sourire qui annonce paix, amour, prospérité. Un sourire qui raccommode, réconcilie, ouvre grand les bras à la vie.

Je me tourne vers Eugène.

— T'as vu ? Il est revenu. J'avais raison. L'homme est honnête, c'est un malentendu…

— Te réjouis pas trop vite ! Regarde qui vient derrière lui.

Deux hommes du service de sécurité de l'hôtel du casino encadrent une femme de chambre boudinée dans une blouse rose. Sur sa poitrine est épinglé un badge, « María Elena, Emotion Casino Hotel ».

María Elena a le nez qui renifle, les yeux humides, deux bandeaux de cheveux noirs et gras, de grosses chaussures marron qui jurent avec l'uniforme pimpant, rose et blanc, de l'hôtel. Elle a l'air effrayé d'un petit voleur qui marcherait vers l'échafaud pour avoir piqué un beignet.

— *¡Aquí está la ladrona!* sifflent les deux hommes en serrant les bras de María Elena.

(Ce qui, traduit de l'espagnol méchant, signifie : « Et voilà la voleuse ! »)

— Elle est chargée de faire le ménage dans les sanitaires, explique Raoul. C'est elle qui a dévissé la plaque et pris l'argent. Elle doit travailler pour un gang qui utilise le personnel pour infiltrer les hôtels. C'est courant, ici.

María Elena ressemble plus à une gamine qui dévore des bonbons sur son lit encombré d'ours en peluche qu'à un membre de gang. Je me demande si elle a plus de quinze ans.

Eugène a raison, quelque chose cloche.

Les vigiles emmènent María Elena, et Raoul me tend l'enveloppe contenant mes chèques American Express. Avec une certaine solennité. Comme s'il me décorait de la croix d'honneur. Il me regarde dans les yeux, tendre et protecteur, et je prends feu. J'ai une envie-fusée de l'embrasser. Puis il propose qu'on dîne ensemble ce soir. Afin qu'Eugène ne s'ennuie pas, il viendra avec son ami, Jorge, le directeur de l'hôtel casino. Lui est chargé de la communication et de la presse. Ils se sont connus à l'école et plus jamais quittés. Études à Los Angeles, stages à Londres. *Very international, very chic.* Je lance un coup d'œil à Eugène. Elle tord le nez. Raoul insiste, mime un sourire de panda triste. Encore envie de l'embrasser. Raoul est beau, Raoul est beau. Et ce soir, je dors avec lui.

Eugène accepte du bout des lèvres. On ira à la *Casa Bella Vista*, un excellent restaurant avec vue imprenable sur la baie d'Acapulco. « C'est l'endroit à la mode, et il y a une boîte au sous-sol », précise Raoul. Il viendra nous chercher, et « à propos, vous résidez où à Acapulco ? ». Je suis sur le point de répondre, quand Eugène me coupe et répond « chez des amis français ». Elle ajoute qu'on se retrouvera au restaurant, ce sera plus facile, et ainsi on ne dérangera pas « nos amis ».

Raoul s'incline, satisfait, on est réconciliés, et des flammes s'échappent de mes pieds.

De retour à l'hôtel, après avoir rangé la précieuse enveloppe dans le coffre de José Luis, on se pose sur nos lits, et Eugène entreprend de se vernir les ongles tout en m'interrogeant.

— T'as rien remarqué de louche ? Y a un truc qui colle pas. Un détail qui m'a choquée. J'arrive pas à m'en souvenir.

— Il a retrouvé la coupable trop vite ? je suggère.

Eugène secoue la tête et ordonne :

— Continue !

— Elle a pas la tronche d'une voleuse ?

— Non. C'est autre chose.

— Elle a de grands pieds ? je dis en riant pour détendre l'atmosphère.

Eugène frémit, les sourcils froncés comme si elle lisait dans une boule de cristal.

— Plus haut ! Plus haut !

— De gros genoux ?

— Plus haut !

— De grosses mains ?

— Tu brûles !

— De gros poignets ?

Eugène pousse un cri et renverse le flacon de vernis.

— Ça y est ! J'y suis ! Elle portait un bracelet Love de Cartier au poignet gauche, et ça, c'est impossible ! Il faut économiser des mois et des années pour se l'offrir.

— Ou alors elle vient d'une famille très riche…

— Et elle est femme de chambre dans un hôtel ?

Je laisse tomber.

— C'est quoi un bracelet Love ?

— Deux joncs en or avec des motifs gravés comme des têtes de vis. Celui qui te l'offre ferme la dernière vis et tu ne peux plus enlever le bracelet sans le tournevis qu'en général il garde.

— Ça fait comme une menotte en or ?

— Exact.

— Donc elle ne travaille pas à l'hôtel.

— Non, soupire Eugène. Qui est-elle ? Pourquoi s'est-elle prêtée à ce jeu ? Ou pourquoi l'a-t-on forcée à jouer ce jeu ?

On mâchonne, on mâchonne, on ne sait plus que penser.

Il y a une chose que je n'ai pas oubliée : j'ai promis à Dieu et à tous les saints, français et mexicains, que, si je gagnais à la roulette, je donnais des pesos aux « enfants de Sanchez ».

Comment vais-je m'y prendre ?

Le vol-au-vent est succulent, le restaurant grand chambellan, la vue sur la corniche coupe le souffle, mais je m'en fiche. Sous la table, mon genou coule contre le genou de Raoul, mes doigts enlacent ses doigts. Des frissons montent de mes talons et crispent mon ventre. Comment on dit « volupté » en espagnol ?

Jorge raconte son épopée de manager prospère. Trente-cinq ans et un sceptre en or. Il a construit un empire : hôtels, casinos, boîtes de nuit, restaurants avec l'aide de Raoul, qui s'occupe de la presse et des relations extérieures. Ils forment une équipe formidable. L'un ne va pas sans l'autre. Il parle beaucoup. De lui. Et de lui. Eugène bâille dans son sabayon. On n'évoque pas María Elena, mais elle flotte dans l'air comme un fantôme mal rangé.

— Qu'est-ce que tu fais à Paris ? me demande Jorge.

— Journaliste, je viens de commencer.

— Dans quel journal ?

— *Paris Match*.

Soudain, PARIS revient en fanfare : ma chambre de bonne au sixième sans ascenseur ni téléphone, le café en bas où Gérard, le garçon, prend mes messages, mes copains, mes copines, les restos à 10,40 francs le menu du jour, la cinémathèque du Trocadéro, les nuits blanches au *Privé* ou au *Bus Palladium*, Johnny, seul, assis au bar (je me suspends à son cou), ma petite Austin grise achetée 1 500 francs chez un garagiste à Montrouge (très beau, le garagiste,

La cuenta, por pitié...
bla
bli
blo
bla
bla
bla
bla
blou
bla
bli
bla
blu
blo
bla

je rêve qu'il me barbouille de cambouis, mais sa femme veille). Je gare l'Austin n'importe où, la laisse ouverte ; au matin, je retrouve une bouteille de vin dans le vide-poches. Quelqu'un a dormi dans ma voiture. Pas grave. J'ai une contravention (11 francs, soit 1,30 euro !), pas grave ! Rien n'est grave. On porte des sabots hauts comme des échasses, des jeans pattes d'éléphant, des tee-shirts serrés, des mini-minijupes, on écoute ABBA, *Waterloo*, à tue-tête, les Stones, *It's Only Rock'n'Roll (But I Like It)*, on applaudit *Les Valseuses* avec Miou-Miou, Depardieu et Dewaere. Je dévore les romans de Stephen King, Salinger, Truman Capote, Jim Harrison, Doctorow, les œuvres complètes de Colette et celles de mon fiancé, Honoré (de Balzac, s'il vous plaît !). Ma vie est une orgie.

Je lâche le genou de Raoul et ferme mes talons. Paris est revenu. Mais aussi… l'homme qui me fait pleurer. Est-ce qu'il m'attendra sur le tarmac d'Orly quand je reviendrai ?

Eugène a suivi ma dérive et lance « on va danser ? ».

On file au sous-sol, Raoul m'imprime contre lui. Jorge pose une main lourde sur la cuisse d'Eugène. Elle la repousse et précise que c'est toujours elle qui choisit, qu'elle n'aime que les hommes jeunes, beaux, doux, timides, qui prennent leur temps… au lit.

— Et ça n'a pas l'air d'être votre cas, cher Jorge, vous êtes plutôt taureau furieux, je suppose ?

Jorge rit. Jaune. Tombé de son trône. Son sceptre roule, roule.

Et on n'a toujours pas résolu le mystère du bracelet Cartier.

Le lendemain matin, je retrouve Eugène dans la chambre d'hôtel. Elle ronge une biscotte, songeuse.

— Ça va ?

Une moue biscotteuse répond à ma question.

— Ils nous invitent à faire du ski nautique cet après-midi, je dis, sur la pointe des mots.

— C'est pas parce qu'il t'envoie au ciel toute la nuit qu'il faut rester collée à lui le jour. T'en as pas assez ?

— Encore faim.

Re-moue biscotteuse.

— Tu sais faire du ski nautique ? sourcille Eugène.

— À peine. Mais t'es pas obligée de venir…

— Veux pas te laisser seule avec eux. Je leur fais pas confiance. Mais alors pas du tout ! Sont des vicieux.

Dans une crique nous attend un magnifique hors-bord chromé, blanc. Équipage en uniforme, cocktails, guacamole, bananes en farandole, tacos, tortillas, piments, ananas, olives noires, olives vertes, olives rouges. Jorge est aux manettes, Raoul bronzette, Eugène tord le nez. Moi, j'essaie de sortir de l'eau sur deux planches et je flanche.

Je finis par réussir et jaillis hors de l'onde. Deviens naïade blonde. Dessine des huit, des six, des neuf, des trois sur l'écume. Je vogue, je vole. J'entends bien qu'on me parle au loin. Les mots semblent finir en *-esse* et je traduis par « liesse », « prouesse », « déesse », « vitesse », et pourquoi pas « Votre Altesse ! ». Je suis tout à fait d'accord. Esther Williams, c'est moi. Les fonds marins tremblent vert foncé, des ombres noires glissent, longues algues qui dessinent des courbes sombres, se hérissent en épis à la surface de l'eau. Quelle griserie ! Et je reprends mes huit, mes neuf, mes six et demi, saute pour signer le point sur le « i ». Saute plus haut, saute plus vite. Les algues noires se rapprochent et font des cercles autour de moi. Sur le bateau, Eugène gesticule, crie sous sa casquette, me fait signe d'arrêter. Je lâche une main, signale que tout va bien. Elle crie encore plus fort. Je peste, j'enrage, mais obéis et glisse vers la plage. Elle a peut-être une crise d'appendicite, une méningite, une kafkaïte. Elle est en danger-ite.

Ce n'est pas elle qui est en danger.

C'est moi.

Les ombres noires, ondulantes, ne sont pas des algues, les mots que j'entends ne signifient pas « liesse » ni « vitesse » ni « déesse », mais *tiburones*. Ou « requins », en français.

J'ai failli finir en pâtée pour squales affamés.

Nous rentrons, ébranlées. On s'arrête chez Jorge. Sa maison surplombe la crique. Eugène fait le porc-épic et exige des explications. Ils ont voulu nous tuer ou quoi ? Jorge me pousse dans la chambre de sa fille, Pépita, quinze ans, pour que je prenne une douche. Sa fille unique, son trésor, son colibri, le souffle de sa vie. Il la choie, la pourrit, la couvre de robes à pois et de joailleries. Il déplie serviettes, peignoir sur le lit, et s'éclipse. Je me douche. M'étends sur la couche. Pense à tous les estropiés qui claudiquent dans les rues d'Acapulco, jambes ou bras amputés, visages et dos couturés. Je me demandais pourquoi il y en avait autant. On me répondait qu'ils conduisaient dangereusement. Erreur ! Ce ne sont pas des accidents de la route, mais de la mer. *Tiburones*, *tiburones*, ou « les requins attaquent ». Faut pas en parler ou les touristes détaleraient.

Sur la table de nuit de Pépita, jeune infante grasse et ingrate, sont disposées des photos de son père et elle. En smoking, en robe à pois, en jogging. Je me penche, mes yeux deviennent loupes. Pépita ressemble furieusement à la María Elena qui a volé mes pesos. Je dirais même mieux : m'est avis que Pépita et María Elena ne sont qu'une seule et même personne.

Et, sur chaque photo, entourant le poignet de Fille Chérie-Colibri : le bracelet Love de Cartier.

Le soir, assises en tailleur sur nos lits, une pince à épiler à la main pour traquer le poil incarné, nous tenons un conseil de guerre. Qui sont ces hommes qui tentent de nous piquer notre fric et nous promènent de crique en resto chic ?

Des plaisantins ou des bandits de grand chemin ?

Ils nous balancent aux requins comme les riches Romains jetaient leurs esclaves, pour se divertir, dans des piscines remplies de murènes ? Nous éclaboussent de champagne, de clinquant et de restaurants pour nous installer ensuite sur un bout de trottoir à Rio, Mogadiscio ou Ajaccio ?

Dans les deux cas, nos vies capotent dans la baie d'Acapulco.

Ils sont louches. Il nous faut décamper. Plier jeans et babouches.

— On va se mettre au vert chez Pepe, décrète Eugène.

— C'est qui ?

— Un doux. Un poète. Un inspiré qui vend ses légumes au marché, élève des poneys et tortille des vers assez mauvais. Il habite une hacienda écroulée, autrefois somptueuse. C'est une belle âme. On n'a rien à craindre de lui. Il prendra sa carabine pour nous défendre et nous comblera d'avocats, de mangues et de tortillas.

— Je peux dire au revoir à Raoul ?

— NOOOOON !

— Pourquoi ?

— Il n'en a rien à foutre de toi. Il te jettera comme il t'a cueillie. Il te consomme, c'est tout. Tu veux que je t'explique ?

Je hoche un « oui » faible de la tête.

— Tu es un jouet. Lui et son copain s'amusent. Ils te piquent ton blé pour rigoler, font jouer le rôle de la petite voleuse à la gamine pour rigoler encore plus, et te livrent aux requins pour se tordre de rire. Ces types sont sans foi ni loi, bourrés de cocaïne, de filles et de pesos. Ils s'ennuient et passent le temps en inventant des jeux pervers et dangereux. T'as compris, Mouflette ?

Une vague chaude m'enveloppe, je ronronne.

— Tu m'aimes bien alors ?

— Pourquoi ?

— Tu m'as appelée « Mouflette ». C'est une marque d'affection. Toujours, avec les mots finissant en *-ette* !

Eugène hausse yeux et épaules.

— Squelette aussi ?

Je m'en fiche, elle a dit « Mouflette ».

— Va récupérer l'argent dans le coffre. Moi, j'étudie la carte pour voir comment aller chez Pepe. Grouille et reviens pas bredouille.

« Mouflette », elle m'a appelée « Mouflette ». Eugène m'aime bien, Eugène est mon copain. Presque mon amie. C'est peut-être un peu tôt pour le dire parce que ça prend du temps, une amitié. Ce n'est pas du jour au lendemain. Avec Eugène, on a déjà nos habitudes, nos exploits, une ou deux confidences glanées par-ci, par-là. Je ne sais pas tout d'elle, mais j'aime sa manière d'enfiler ses deux chemises, de se maquiller les yeux façon balai-brosse, d'ourler sa bouche, de remplir ses chaussettes de pesos, de se repasser les cheveux, de tenir tête aux hommes avides, violents.

Et puis… elle a une manière de me regarder parfois un peu tendre, un peu amusée, un peu penchée, une lueur dorée dans l'œil droit qui me fait craquer.

On dîne avec José Luis qui sanglote à l'idée qu'on parte déjà. Il n'a même pas eu le temps de nous montrer sa collection de ponchos ! Eugène le console. Je finis sa brochette trempée de larmes.

Et on monte dans notre chambre.

Ce n'est pas une sinécure de dormir avec Eugène. Avant de se coucher, elle pose un gros rouleau rose ou vert au sommet de son crâne, trace une raie à gauche et balance tous ses cheveux à droite, bien

Tu m'as appelée « Mouflette »!
Mou-flette !
Mouflette !

aplatis sur la tête autour du rouleau. Ça s'appelle une « mexicaine ». Au milieu de la nuit, elle se réveille. Trace une raie à droite et balance tous ses cheveux à gauche. C'est obligé si elle veut avoir les cheveux raides. Mais ça me réveille. Elle se rendort illico, moi, je tourne et me retourne. Je pense à l'homme en France. La peur revient. Elle pénètre tel un cambrioleur et me ronge les entrailles. La peur, elle se tapit souvent dans le ventre. Et la nuit, elle est bien plus encombrante que le jour. Elle prend toute la place.

Parfois c'est Eugène qui fait des cauchemars. Elle pleure, se débat, la mexicaine dévie et se dévide, elle hurle en français, en anglais. Le matin, elle a les yeux gonflés et la mexicaine tourneboulée. Eugène n'est pas une grande fille toute simple.

Elle a un secret.

C'est décidé : on part ce soir pour Huatulco. En bus.

En bus ?
¡Calma, traaaanquilo! Pas de panique.
¡Calma, traaaanquilo! Tout le monde dit ça ici.

Huatulco était alors un gros bourg dans l'État d'Oaxaca, connu pour ses plantations de café et ses neuf baies sur le Pacifique. Des plages de sable blanc, une eau bleu marine, des collines vertes, bombées, jetées comme des pastilles à la menthe sous un ciel toujours bleu et un soleil *muy caliente*. Avant que le gouvernement mexicain ne décide dans les années quatre-vingt d'en faire un gigantesque Club Med, Huatulco existait à peine sur la carte et ses habitants ignoraient le sens du mot « touriste ».

On part vivre dans une carte postale.

Sur une des collines vit Pepe, le poète aux vers ampoulés, aux légumes frais vendus sur le marché, à dada sur son poney.

— Et pourquoi en bus ? Ça va être long ! je soupire.

— On peut pas faire de stop. Imagine que des potes de Raoul et Jorge repèrent une grande blonde et une grande rousse sur la route, ils s'arrêteront et nous embarqueront. Et j'ai pas envie qu'ils nous embarquent. Mais alors pas du tout !

Eugène tord le nez.

— Je te rappelle qu'ils t'ont piqué tes sous, qu'ils ont fait endosser ce vol à Pépita et qu'ils t'ont balancée aux requins pour voir si la couleur de l'eau changeait… Si tu trouves ça normal, reste ici. Moi, je pars dans des endroits où les hommes sont des gentlemen.

— Combien d'heures de bus ?

— Une douzaine. On part à sept heures du soir, et on arrive au petit matin.

Eugène me prête une paire de chaussettes péruviennes qui montent jusqu'aux genoux, et on répartit mes chèques American Express dans nos quatre mollets. Quand on marche, j'imagine deux machines à sous qui clignotent, JACKPOT, JACKPOT.

On boucle nos sacs. On les laisse dans le bureau de José Luis. Et on part se promener. Les yeux écarquillés. J'ai mal au cœur à force d'avaler des couleurs. De rues pleines d'arbres vert caoutchouc, de fleurs violettes et jaunes, de façades bleu criard aux volets orange. C'est comme se promener dans un livre pour enfants ou faire péter des feux d'artifice dans un carnaval. Mes yeux roulent dans tous les sens, il m'en faudrait dix mille paires pour tout voir. Et autant d'oreilles et de nez !

Des odeurs d'oranges pressées, des sacs de cacahuètes, de noix, de quinoa, des ballons de fromage, des avocats par milliers, des bracelets, des colliers, des tortues miniatures, des statuettes de squelettes en sombrero qui jouent de la guitare, des fruits coupés en deux qui dégorgent au soleil.

J'ai envie de crier « Pouce ! » et de m'asseoir sur le trottoir.

¡Calma, traaanquilo! ¡Calma, traaanquilo!

On visite une immense église dorée, une femme se précipite sur la statue de la Vierge et pleure, les mains sur l'autel. Son visage grimace de douleur. On dirait une gargouille de Notre-Dame. J'imagine le pire et j'ai envie d'aller pleurer avec elle.

On déjeune dans un boui-boui sur la plage, on mange des ceviches de poulpe et de crabe avec des tranches d'avocat sur des galettes de maïs toastées. Le tout pour le quart d'un ticket de métro parisien.

José Luis nous a fait cadeau de deux livres piqués à la bibliothèque de l'hôtel. *Guerre et Paix* pour moi, *Manhattan Transfer* pour Eugène. « Sartre a piqué le schéma narratif du roman à Dos Passos, on est d'accord ? » On est d'accord. On plonge chacune dans son livre sans un mot.

Calma, traaanquilo.

La vie est trop belle, on ne va pas la gâcher en parlant… mais j'aimerais bien savoir comment Eugène a connu Pepe.

J'ose pas lui demander. Dès que je pose une question trop personnelle, elle se referme comme une huître qui crache du gros sel.

Je mange ma langue.

Il ne semble pas y avoir grand monde dans sa vie. Pas de jolis Noëls ni de grandes espérances. Elle est comme moi : seule.

Mon père et ma mère s'en sont allés chacun de leur côté. Ils n'avaient plus rien à se dire. Il valait mieux qu'ils se séparent, sinon la situation allait empirer. Ils auraient fini muets ou très déprimés. Ils me donnent des nouvelles de temps en temps, mais je n'ai aucun numéro de téléphone, aucune adresse pour leur envoyer des S.O.S. Ils appellent quand je ne suis pas concentrée, et j'oublie la moitié de ce que je veux raconter. Je réponds « oui, oui, ça va, les oiseaux chantent et les perdrix aussi ». C'est notre code secret pour affirmer que tout va bien. Je ne veux pas qu'ils se fassent du souci. Ils en ont bien assez avec leur propre vie.

Le portable n'existait pas alors. Ni les mails ni les réseaux sociaux. Le répondeur, à peine. On était vite rayé de la carte du monde. Il arrivait qu'on se morfonde à Lima ou à Mayotte sans aucun moyen de signaler sa détresse. Mes parents déménageaient souvent. Ils avaient la bougeotte. Papa était « quelque part » en France, maman « quelque part » en Amérique. Alors, la nuit, la peur en profitait et je tremblais. Dans la journée, je me disais « fonçons d'abord, je réfléchirai ensuite ». Je n'avais jamais le temps de réfléchir. Mais je courais très vite pour échapper au danger.

Cette nuit-là, dans le bus pour Huatulco, nous avançons de cahot en cahot, Eugène d'un côté de l'allée, moi de l'autre, près d'un Mexicain vêtu d'un large poncho. À la radio passe *Cielito lindo*. J'ai sorti mon livre, *Guerre et Paix*. Il a sorti le sien, *Les Frères Karamazov*. On fait les présentations.

— Écrivain russe épileptique, il dit en montrant son livre.

— Écrivain russe christique, je dis en montrant le mien.

Il est étudiant en troisième cycle de sociologie à l'université de Mexico et rédige un mémoire sur les derniers villages vivant en autarcie au Mexique.

— Et vous ? il demande en posant le livre de l'écrivain épileptique.

— Mon amie et moi fuyons deux hommes qui nous ont volées et ont tenté de nous livrer aux requins.

Il éclate de rire et demande :

— *¿Verdad o mentira?*

— *Verdad*, je réponds.

Et commence un jeu auquel je me prête sans comprendre que je suis en train de me confesser à un étranger.

¿Verdad o mentira? J'aime voyager seule.

¿Verdad o mentira? J'aime vivre seule.

¿Verdad o mentira? Le Mexique est le plus beau pays du monde.

¿Verdad o mentira? Je n'ai pas de petit copain.

¿Verdad o mentira? Paris ne me manque pas.

¿Verdad o mentira? Personne ne m'attend là-bas.

¿Verdad o mentira? La peur me fait pas peur.

Ses yeux se rapprochent, sa mèche brune, son nez, sa bouche aussi. Il sent le pain d'épices, la vanille, un peu, le poivre. On s'embrasse. Je ne sais pas comment il s'appelle. Je ne l'ai pas vu debout.

De l'autre côté de l'allée, Eugène dort, la tête droite, les yeux bien maquillés, un rouleau vert sur la tête.

Elle ne voit rien.

On est maintenant deux heureux sous le poncho. Ça s'est passé lors d'un virage périlleux. Mon voisin m'a attrapée par le bras, et j'ai été happée sous la laine chaude de lama.

L'homme sent toujours le pain d'épices et la vanille piquée de grains de poivre. Il a la peau douce, des yeux de chat, un début de barbe qui gratte, la paume des mains chaude. Ses lèvres sont pleines, tièdes. Quand on appuie dessus, ça résiste, c'est doux et élastique.

Je ne connais toujours pas son nom. Ni sa taille. Je ne sais pas s'il va me rouler dans les plumes et le goudron. C'est possible mais, à l'heure qu'il est, je m'en fiche.

RRRRRRRRRR

Il m'enlace, murmure des mots pleins de « a », *cariña mía, chiquita linda, gatita, amorcita. Do ré mi fa sol la.* Je suis une petite chosita entre ses grands bras. Les nuits sont faites pour ça.

Je peux tout imaginer. C'est bon d'avoir quelque chose à inventer. Du neuf, du rutilant plein de lampions. Une sorte de conte de fées en kit à monter soi-même avec un tournevis. Le seul problème, c'est que ça peut s'écrouler au premier coup de boutoir, mais bon… Pour le moment, je rédige ma lettre d'adieu à la France, ajoute mon nom sur la sonnette de son studio à Mexico et lui prépare des *tacos con huevos* pendant qu'il s'arrache les tifs sur ses fiches.

Le chauffeur fredonne les airs qui passent à la radio, y compris les publicités Lewis (Liii-vaïsse) et Coca-Cola. Sa voix monte dans les aigus quand il entonne *Sugar Baby Love* des Rubettes, et nous pouffons sous le poncho.

Ce serait si bien si je ressemblais à la fille de *verdad o mentira* : libre, audacieuse, désinvolte, marchant à grands pas, lançant des crochets au menton des garçons qui l'embêtent, choisissant d'un doigt pointé celui qui lui plaît. La vérité, c'est qu'à Paris m'attend un homme qui prétend m'aimer et me fait pleurer, un homme que je n'arrive pas à quitter parce qu'il me sert de papa, de maman, de nounou, d'amant et de cric quand je crève. Je grandis avec lui et je me fais gronder. J'ai vingt ans et six ans en même temps. Je ne sais plus sur quel pied danser.

Je roule sous le poncho et laisse la bouche pleine de « a » m'embrasser. Demain matin est un autre jour, et j'ai bien l'intention de profiter des quelques heures de voyage qu'il me reste.

À l'arrivée à Huatulco, je reprends mon port de jeune fille digne. Je souris à Eugène. Attends qu'elle avance dans l'allée pour lancer un clin d'œil à mon fiancé de la nuit, qui paraît très occupé à rouler son poncho dans son sac à dos. Euphémisme pour signaler qu'il m'ignore complètement.

Eugène me fait signe d'attendre sur la place centrale. Les villageois prennent un café et des tortillas avant d'aller travailler, les cireurs de chaussures attendent dans leurs roulottes rouges, des femmes vendent des boules de fromage, d'autres empilent des tissus vert et jaune sur leurs épaules, des chiens noirs, efflanqués, dorment, étalés sur la pierre qui chauffe.

Mon regard fait le tour de la place qui pique de couleurs et de cris d'enfants.

Une femme s'avance. Grande et mince. Elle a de longs cheveux blonds, une chemise blanche, un jean bien coupé, des lunettes en écaille très chics. Ses yeux se plissent et frémissent quand elle aperçoit un homme. Elle lui fait de grands signes, marche vers lui. S'enroule à son bras, lui attrape le cou et frotte son nez dans son odeur de pain d'épices et de vanille poivrée.

Je vacille, laisse tomber mon sac.
Elle vient de me piquer mon fiancé.

— Dis, Eugène, tu crois qu'on peut vivre sans amour ?

Eugène ne répond pas. Ses doigts tambourinent sur le fermoir de son sac, elle regarde sa montre. Le car est arrivé à 7 h 38. Il est 7 h 49, Pepe devrait être là, les bras en accordéon pour nous chanter *Bienvenidas* avec un orchestre de mariachis coiffés de grands chapeaux à pompons.

Or, Pepe n'est pas là. Et Eugène tambourine.

Elle a oublié d'enlever le rouleau sur le haut de son crâne et ressemble à une mésange fort fâchée. Eugène est la précision même. Elle aime la rigueur, l'exactitude, le travail bien fait et l'effort. Elle affirme que tout le monde peut réussir si tout le monde s'en donne la peine. On est sur terre pour s'échiner. Pas pour se rouler les pouces et aller chercher son chèque à la Sécurité.

Soudain, elle se déride, saute sur ses sandales compensées et court se jeter dans les bras d'un homme hirsute, ventripotent, qui ne porte pas de montre à son poignet. Il la serre dans ses bras et la fait voler.

Je voudrais voler aussi.

Je regarde au loin s'enlacer mon fiancé et la grande blonde à lunettes. Ils montent dans une Range Rover beige cacahuète. Elle secoue sa longue chevelure et claque la portière. Il ne s'est pas retourné pour me faire un signe, « je suis désolé » ou « attends-moi au coin de la *plaza* ».

Nada.

Qu'est-ce qu'il me répète l'homme-qui-prétend-m'aimer-et-me-fait-pleurer ? « Traite les gens comme ils te traitent. S'ils te tutoient, tutoie-les, s'ils te balancent une main au cul, tape-les, s'ils t'ignorent, ignore-les. Tu dois toujours être à égalité, toujours te faire respecter. » Il a raison. Je vais secouer ma chevelure, monter dans le camion rouge de Pepe et claquer la portière sans me retourner.

J'ai une larme dans un œil. J'aimais bien ce fiancé. Ses lèvres étaient élastiques et il lisait un écrivain épileptique.

Dans le camion, à trois sur la banquette avant, Pepe raconte des bouts de vie. Je ne comprends pas tout. Eugène non plus. Pepe jure et fait de grands gestes courroucés en klaxonnant.

— Dis, Eugène, tu crois qu'on peut vivre sans amour ? je lui redemande à l'oreille.

Elle me regarde en silence. Elle doit penser que je suis encore trop petite pour me dire la vérité parce qu'elle répond :

— Y a des choses qu'il vaut mieux pas que tu saches.

— Tu veux dire que…

— N'y pense pas.

C'est trop tard, j'ai plein de larmes dans mon œil et je me fiche pas mal d'aller passer mes nuits et mes journées dans une hacienda déglinguée.

Je viens de tomber K.-O. sur la route de Huatulco.

C'est encore un coup du Désespoir. Il n'arrête pas de lancer des assauts. Un grand lâche. Je ne le vois jamais en face. Il rôde, invisible, silencieux. Je dansote, je tournicote, je chantonnote, je redresse d'une pichenette la tour de Pise et fanfaronne « Fastoche ! » quand soudain… surviennent un mot, un regard, une moue, un bémol, et je m'écrase au sol. Une pichenette détruit ma tour de Pise.

Mon problème, c'est que je dépense trop d'espoir. Je ne peux pas m'empêcher de faire des plans sur la comète, de crier « youpi la rirette ». Une féroce envie de voir la vie en rêve. Mais l'espoir, ça ne rapporte pas. Ou pas beaucoup. Comme on dit, « ça fait vivre ». Ric-rac. De quoi attendre la fin du mois.

Faut que je me répare. C'est urgent. Je suis fatiguée de toujours voir ma tour de Pise s'effondrer.

Comme avec l'homme-qui-prétend-m'aimer-et-me-fait-pleurer. Au début, il me regardait avec des yeux de french cancan, me parlait de Lautréamont, de la rencontre de la machine à coudre et du parapluie, de la *Lettre à Élise* qui ne s'appelait pas Élise, de la façon polie de manger un homard… Puis il m'emmenait dans son bel appartement, me déshabillait lentement dans le noir, me couchait dans son grand lit. Je glissais dans un toboggan de plaisir.

Jusqu'au soir où, après le dîner, il a lancé :

— Ça ne t'ennuie pas ? J'ai une petite course à faire... Ça ne durera pas longtemps.

J'ai dit « mais oui, quelle bonne idée ! Allons nous promener dans Paris, la nuit ». Je gardais en bouche le goût des grains de caviar et cherchais à déloger un lot planqué entre deux dents en guise de dessert.

Je me suis enfoncée dans les coussins de l'Alfa Romeo et on a traversé Paris. Je fermais les yeux, je les rouvrais, je les plissais, je clignais l'un puis l'autre. Je voulais voir la ville sous toutes les coutures.

Quand je les ai rouverts, on était quelque part porte de Clignancourt. Devant un bar P.M.U. Je savais qu'il jouait au tiercé, mais j'ignorais qu'on pouvait empocher ses gains à une heure du matin. Il m'a dit « attends, je reviens ». Il a laissé le moteur tourner, a ouvert le coffre, sorti un paquet de linge blanc emmailloté. S'est élancé tel un lanceur de javelot aux Jeux olympiques et a balancé un pavé dans la devanture du bar P.M.U. qui a volé en éclats.

Ça a fait un véritable fracas. Des fenêtres se sont allumées. Une tête, deux têtes ont jailli. L'une a crié « j'appelle la poliiice », j'ai glissé dans mon siège baquet. Je ne savais pas que je sortais avec un brigand.

Il a bondi dans la voiture et on est repartis à toute allure.

Une fois de plus, j'avais mal investi mon espoir. Une fois de plus, ma tour de Pise s'écroulait.

J'ai regardé Pepe de profil.

Je n'investirai jamais rien sur lui.

Chez lui j'allais me re-po-ser. Me ré-pa-rer.

On roule au milieu des collines vertes couvertes de caféiers en soulevant une épaisse poussière jaune.

— On va où ? je demande à Pepe.

— Chez moi. À San Agustín. Dans les montagnes.

— C'est loin ?

— Soixante kilomètres.

Jorge et Raoul ont peu de chances de nous retrouver là-bas. Personne, d'ailleurs, s'il prend à Pepe l'idée de nous séquestrer et de nous transformer en esclaves sexuelles façon Charles Manson et sa colonie de filles criminelles.

J'interromps aussitôt cette sinistre pensée. Je suis la fille la plus douée pour me faire de mauvais films.

Eugène a les mains posées sur les genoux et médite.

Le soleil, rouge écarlate, éclaire la vallée. Tout prend la couleur du sang, la route, les forêts, le ciel, les montagnes, les arbres, les cactus hauts comme des géants. On traverse des hameaux de trois maisons en planches ; des pneus sont entassés en piles sous des tôles ondulées. Des femmes assises sur des bassines en plastique touillent une bouillie de maïs. Des enfants jettent des pierres à des chiens branlants sur pattes. Et partout se dressent de grandes poteries d'argile noire.

LJ-06-09
(Tousse tousse)

— Spécialité de la région ! me dit Pepe. Les plus belles poteries du monde ! Jamais rien vu d'aussi beau !

— *¡Claro que sí!*

Je ne suis pas en état d'entamer une conversation. La chevelure de la dame blonde flotte encore dans ma tête, et la larme revient dans mon œil.

Les Mexicains sont très fiers de ce qu'ils ont apporté au monde. Pepe égrène une liste de ces trésors :

— *El maíz, los frijoles, el tabaco, el cacao...*

— *¡Claro que sí!* je répète.

— C'est nous qui avons inventé le papier, les plantes médicinales, les mathématiques, l'architecture...

Je compte les kilomètres qui défilent au compteur. Je ne veux pas le contrarier. Je me méfie des hommes qui deviennent violents au quart de tour.

Après l'épisode de la porte de Clignancourt, je regardais l'homme-qui-prétendait-m'aimer-et-me-faisait-pleurer à distance. Je pressentais qu'à n'importe quel moment il pouvait ouvrir le coffre, lancer un pavé et redémarrer sans qu'un muscle de son visage ne bouge. Je n'ai jamais osé lui demander pourquoi il avait détruit la vitrine du tabac.

Mais après cette soirée, quand il s'approchait de moi, qu'il me prenait dans ses bras, j'avais la chair de poule. Il n'était plus l'homme charmant qui me parlait de Lautréamont, de la machine à coudre et du parapluie. Des bruits résonnaient dans ma tête, un pavé volait, une vitrine éclatait, on démarrait dans un bruit de pneus brûlés. Une alerte sonnait

« Danger ! Danger ! ». J'avais peur. J'avais follement envie de lui. Et c'était délicieux.

Mais je ne vais pas raconter ça à Pepe.

Eugène sort sa gourde d'eau et se mouille les lèvres, le cou, se tamponne les joues. Elle me la tend et je m'asperge le visage. J'ai envie de demander « c'est quand qu'on arrive ? », comme lorsque j'étais petite et qu'on partait pour les grandes vacances chez ma grand-mère dans les Basses-Alpes, à la Fresquière, près de Barcelonnette.

Chaque été, c'était pareil. On arrivait en train de Paris et on prenait un car de la SATA en bas du cours Mirabeau, à Aix-en-Provence. Chargés de valises, de provisions, de filets à papillon, de cannes à pêche, sans oublier la « boîte de petit chimiste » de mon frère et le cabas de livres pour moi. Maman s'installait à l'arrière, allumait une Gitane et se crémait de Brunibiol pour bronzer derrière la vitre. Six heures de car à inventer une histoire pour chacune des villes traversées. Manosque, Forcalquier, Digne, Sisteron, Embrun, Savines, les Demoiselles Coiffées, Le Lauzet. Des scènes de bals, d'amour (très chaste), de fantômes, de bagarres. Et des assassinats. Surtout lorsque le car ralentissait à Lurs, sur les rives de la Durance, où avait eu lieu « l'affaire Dominici ». Des années avaient passé, mais le crime était toujours vivant : les coups de feu tirés dans la nuit, le couple d'Anglais abattus, leur petite fille traînée sur deux cents mètres avant d'être achevée. Chacun dans le car y allait de sa version. De son coupable. De ses sources sûres. Ajoutait des détails aux détails. Savourait le goût du sang, en reprenait une bouchée. Maman fumait une Gitane et bronzait, mon frère pensait à la pâte révolutionnaire qu'il allait inventer. Pour éliminer ou faire pousser les poils et les cheveux ? Il ne savait pas très bien, mais voulait consoler les chauves et soulager les femmes qui s'épilaient. Moi, je me refaisais le film du crime. J'imaginais la petite fille courant pour s'échapper et je courais avec elle. Chaque été, je me disais qu'elle allait s'en sortir, chaque été elle mourait. La réalité l'emportait toujours sur la fiction.

— C'est quand qu'on arrive ? je demande à Eugène.

— Dans pas longtemps.

— Tu l'as connu comment, Pepe ?

— La première fois, j'avais dix-neuf ans…

Elle en a vingt-quatre.

— … et la dernière fois, j'y suis restée trois mois.

Fin des confidences. Elle pose les mains sur ses genoux et reprend sa méditation. J'arrête pas de me casser le nez sur le mystère Eugène.

Pepe donne un coup de frein brutal et s'arrête. Un *hombre barbudo* monte, on se tasse sur la banquette. On ressemble à un club sandwich. Je fais la salade. La conversation reprend entre deux pétarades de moteur, trois cahots, mille jurons. Carlos parle comme un ventilateur. Et en anglais. Il est très fier de parler américain. Il a déjà été expulsé deux fois des États-Unis mais veut y retourner. C'est le seul moyen de gagner de quoi nourrir sa famille. Au Mexique, il n'y a pas de travail pour

lui. Il est trop vieux. Alors qu'en Amérique, quand il dit qu'il a soixante ans, on le met à la chaîne dans une usine et il travaille, travaille, travaille.

— *They are so stupid here!*

Il se frappe le front. Pepe renchérit.

— *Stupid, here*, méchants là-bas.

— *Claro que sí*, j'opine.

Ça va devenir mon mantra, prudent, voire couard.

Et c'est alors que dans un virage nous arrivons à l'hacienda…

Le camion bondit dans un énorme nuage de poussière jaune. Pepe s'est couché sur le Klaxon pour annoncer notre arrivée. *Arriba, arriba*, nous voilà ! Sonnez violons, tonnez trompettes ! Sa bedaine saute par-dessus sa ceinture, il transpire comme une bouilloire qui siffle. J'ai envie de soulever le couvercle sur sa tête pour l'empêcher d'exploser.

Eugène sourit, proche de la béatitude, après douze heures de bus et quatre de camion. Bien sûr, il nous fallait fuir Raoul et Jorge, mais Mexico eût été plus rigolo que ce lopin de terre jeté au milieu des caféiers. Quelque chose m'échappe. Eugène ne m'a pas dit toute la vérité.

Le camion pile devant de vieux bâtiments délabrés, autrefois verts, bleus, rouges. Un dôme doré, écaillé, surmonte une tour cernée d'arbres géants, de cactus, de palmiers, de grandes fleurs étonnées.

Eugène sourit.

— Pas mal, non ?

Elle a l'air si heureuse. Je ne voudrais pas la déranger.

— T'aimes ma maison, *chiquita* ? demande Pepe.

— *¡Claro que sí!*

Ici, il n'y a que fleurs, verdure, poules, vaches, poneys, masures, champs de maïs, de courges, de tomates bien mûres. Massifs de papayes, d'ananas et de goyaves. Au loin coule une rivière. Ça change d'Acapulco et des casinos.

Une femme sort de la cuisine, vêtue d'amples jupons. Armée d'un grand bâton, elle chasse les *chachalacas*, sortes de pintades beiges, qui poursuivent ses poules pondeuses. Pepe la siffle et elle accourt décharger le camion.

On va dormir dans un patio, chacune dans un hamac, l'un vert, l'autre rouge. Dans la pièce voisine, un tuyau fixé au mur dispense un filet d'eau jaunâtre. « La douche », résume la femme aux jupons en montrant un morceau de savon qu'a dû oublier Zapata.

— Euh… et les toilettes, *por favor* ?

Elle me montre un trou derrière un baobab. M'explique qu'il faudra mettre le papier-toilette dans une poubelle.

— Retour à la vie primitive, rit Eugène. Tu vas survivre ?

— Je connais par cœur. Chez ma grand-mère dans les montagnes, c'était pareil.

Il y avait un W.-C. pour tous, pas d'eau courante sauf à la cuisine, on se lavait dans une cuvette ou on descendait avec sa serviette se tremper dans l'Ubaye. Température de l'eau au plus fort de l'été : douze degrés. Maman battait le linge au lavoir. Nous, les enfants et les cousins, dormions à cinq dans deux grands lits. Dans une grande chambre. Le soir, j'inventais des histoires qui duraient tout l'été. *Les Aventures de Sophie*, *Les Bêtises de Léon*, *Le mystère de la rivière qui tournait en rond*. J'écoutais leur souffle devenir paisible, régulier, et je fermais les yeux.

C'étaient les plus belles vacances de ma vie.

Je lisais les livres de mon cabas, mon frère faisait des essais de pâte à épiler (il avait décidé de soulager la souffrance des femmes). On construisait des barrages dans la Béousse, on se jetait du haut du troisième étage de la grange dans les meules de foin en prenant soin d'éviter les râteaux et les fourches. On faisait des parties de Monopoly ou de Cochon qui rit (deux as pour la queue !) qui finissaient en chamailleries. Je retournais à mon cabas de livres, mon frère à sa boîte du petit chimiste. Ça sentait la désolation entre papa et maman. Le matin, j'étais chargée d'aller chercher le courrier. Maman fumait Gitane sur Gitane, papa envoyait de Paris des lettres qui n'arrivaient jamais. Ou qu'il n'écrivait pas.

Alors dormir dans un hamac ou me doucher sous un filet jaunâtre ne m'effraie pas.

Ce qui m'inquiète davantage, c'est pourquoi nous sommes venues ici ?

À l'hacienda, la dame aux jupons s'appelle Norma, son mari, Joselito, et le père de son mari, Javier, dit El Viejo.

Norma et Joselito ont une fille, Adriana, qui vit à Mexico. Elle est la vedette d'une *telenovela*, *Flor de amor*, diffusée chaque soir. Dans tout le pays, la vie s'arrête à sept heures moins le quart. Adriana est une star. Les journaux débordent d'articles sur sa maison, ses robes, ses bijoux, ses caprices, ses amants. Elle ne vient jamais voir ses parents. « Mon père est un carré, ma mère, un triangle, et ils ont fait un rond ! », elle a déclaré dans un journal. Norma et Joselito ont été décapités de chagrin. Ils aimeraient acheter une télévision, mais n'en ont pas les moyens.

GUERRE

Pepe les avait trouvés, un soir, accroupis au bord de la route de San Agustín. Un torrent de boue avait emporté leur maison et leurs biens. Ils attendaient un car pour aller refaire une vie plus loin.

— Quelle vie ? avait demandé Pepe.

Et il les avait amenés à l'hacienda.

Depuis, Norma tient la maison, Joselito veille sur les légumes et les fruits que Pepe vend sur les marchés. Et El Viejo paresse dans son hamac. Il mâche des noyaux, observe le soleil, les plumes d'aigle et les fleurs des cactus géants. Ses avis sont des oracles. « L'esprit souffle en lui », me confie Norma avec un respect qui embaume l'encens et la génuflexion.

Pepe lit à El Viejo les vers qu'il écrit. Quand ce dernier aime, il bat la mesure en claquant des doigts. Sinon il s'endort. Et Pepe repart, penaud, corriger sa copie.

Quand je me réveille, le premier matin, El Viejo, en polo bleu, se tient droit dans son hamac, les pieds dans une bassine. Norma lui coupe les ongles, assise sur un tabouret. Il m'aperçoit, lève les bras et déclame :

— Chacun sait faire un mort. On n'a pas besoin d'apprendre.

J'écarquille les yeux en points d'interrogation.

— Tu as un cerveau, un cœur, dix doigts, fais le monde à ton goût. Trouve ta voie.

Et il tourne la tête. Mon audience est terminée. Il a peut-être voulu me faire passer un message au sujet d'Eugène ?

Plus tard, dans la cuisine, Norma me prépare une omelette à la sauce tomate et au piment.

— Qu'est-ce qu'il a voulu dire, El Viejo ?

— Tu fais du cheval ?

Je hoche la tête.

— Tu vas accompagner Joselito dans les champs. Il doit inspecter les barrières. Les poneys ont piétiné le maïs cette nuit.

L'omelette fumante glisse dans l'assiette. Quand je pose des questions, on me répond par d'autres questions.

Nous partons à cheval. C'est ma première fois. Le seul truc que je sais, c'est que, lorsque le cheval a les oreilles en arrière, c'est mauvais signe. Or, le mien a les oreilles très, très en arrière. Norma et El Viejo nous regardent, inquiets. J'ai perdu les étriers et suis cramponnée au pommeau de la selle.

On chemine en silence. Joselito pose pied à terre, redresse un pieu, une barrière.

— Elle est où, Eugène ? je demande en caressant les oreilles couchées de mon cheval. Elle n'était plus dans son hamac quand je me suis réveillée…

— Elle est partie avec Pepe.

— Où ça ?

— *No sé.*

— Et ils rentrent quand ?

Il donne un dernier coup de masse sur le pieu, tortille un fil et remonte à cheval. Je trottine en tapant du cul sur la selle. Je ne sais plus si le monde est à l'endroit ou à l'envers.

Je vais finir en fajitas pour vautours !

— Ils sont partis faire quoi ?

— *No sé.*

— Et moi alors ? je demande, au bord des larmes.

— Ben... tu attends avec nous. Norma va t'apprendre à éplucher le maïs. Ça te servira quand tu seras mariée.

Je commence à comprendre pourquoi Adriana est partie mener grande vie à Mexico.

Le soir, on dîne autour d'un feu creusé dans la terre, recouvert d'une grille sur laquelle cuisent des épis de maïs, des poivrons, du poulet, des ananas trempés dans la gelée de goyave.

Norma dit quelque chose à propos de « *caballo* ». Je réponds que la balade à cheval s'est bien passée, que nous sommes rentrés, le cheval et moi, à l'écurie, sans rien de cassé. Le cheval savait que j'avais peur. La peur, c'est contagieux. Il n'en a pas profité pour m'éjecter. Un gentleman.

La vaisselle sèche sur les branches des arbres parmi les vêtements, les draps et les torchons. Eugène est partie sans laisser de mot. Ça ne lui ressemble pas. C'est une fille organisée qui aime que les choses soient carrées. C'est ainsi qu'elle a réussi dans l'ingrate carrière de dame pipi. À la fin, elle ne s'occupait plus que des cabines téléphoniques. On lui parlait avec respect. Elle en a profité pour rendre son tablier.

Elle m'a abandonnée, ce matin. Pourtant, elle m'appelait « Mouflette ». Elle sait qu'on va me kidnapper ? Touchera-t-elle une part de la rançon ?

Je ris dans mon menton. Qui versera l'argent ? Ni papa ni maman. On ne s'est pas parlé depuis longtemps. Et ils n'ont pas un rond. S'ils en avaient, je crois pas qu'ils l'investiraient sur moi. Faut me faire une raison. J'aime pas les berceurs d'illusions.

Le seul qui paierait sans se faire prier, c'est l'homme-qui-prétend-m'aimer-et-me-fait-pleurer. Il arriverait ventre à terre avec les liasses de billets qu'il cache dans son costume croisé. Il en a dans toutes les poches. Ça fait peur.

Un soir où j'avais voulu dormir chez moi, dans ma petite chambre de bonne sous les toits, il avait envoyé deux de ses sbires casser les poignées de ma petite Austin à 1 500 francs.

J'ai toujours peur, sauf quand il s'abat sur moi après l'amour. Il tremble comme un bébé disloqué. Je le prends dans mes bras, le berce. *Tuut tuut*, je suis là, tout va bien, *tuut tuut*, je caresse ses cheveux, sa nuque, ses épaules de boxeur rompu, et il se casse en deux.

Il me guette. Il me gâte. Il me goûte. Il me grise. Il m'achète des pantalons épais, des chaussettes et des bottes fourrées quand il fait moins dix degrés. M'enveloppe dans ses bras la nuit quand je crie.

M'apprend à dire « non et non », c'est enivrant. On ne m'avait jamais avertie que je pouvais défier des plus forts que moi. Une force pousse en moi que j'ignore encore.

Cet homme marche avec un bâton de dynamite entre les dents. Il peut sauter à n'importe quel moment. Et me faire sauter avec lui. J'ai peur. C'est délicieux. Le désir a des secrets que je préfère ne pas avouer.

Je regarde Norma, Joselito et Javier. La vie semble si simple pour eux. La vie serait simple aussi si j'arrêtais de penser.

Ils veulent savoir si je suis *casada*, je comprends *cansada*. Mariée ou fatiguée ? Ils rient en cachant leur bouche, ils ont les dents pourries.

Je leur demande s'ils savent où Eugène est partie. Une pierre tombale claque sur leur rire. Le feu se meurt, Norma ajoute du petit bois. Elle lève la tête, marmonne « *pero* ». Ça veut dire « mais ». Mais qui ? Mais quoi ? Mais où ?

— Je comprends pas.

Ils se taisent. Le feu repart. Norma répète « *perro* ».

C'est maigre comme indice.

Que choisit-on de conserver quand on est prête à tout perdre ?

Je choisirais un livre. Lequel ? Je ne sais pas. Cela va me prendre une vie pour décider.

Les jours passent, Eugène ne revient pas. Norma me fait de l'*atole*, une bouillie de maïs sucrée qui a le goût et la consistance de la Blédine. J'apprends à éplucher le maïs, assise par terre. Je n'ai plus peur des vers dans les épis. Au début, je poussais un cri chaque fois que j'en trouvais un. Dégoûtant, dégoûtant. J'ai appris à les éjecter d'une pichenette.

— *¡Vete!*

Ou « dégage, sale ver », en français.

Joselito m'a montré comment égrener les épis à la machette. Je tranche, je coupe, je débite. Ma tête se vide, j'égrène, j'égrène. Je ne sais plus quel jour on est. J'ai oublié la date de retour marquée sur mon billet.

On a toujours dit de moi que j'étais « une enfant intelligente, très mûre pour son âge ». Une couronne de lauriers qui arrangeait tout le monde. On n'a pas à s'occuper d'une enfant qui roule sans faire de mousse.

Mais je sentais au fond de moi un poing en acier qui me retenait prisonnière. Toute mon « intelligence » ne m'empêchait pas d'être une pauvre nunuche qui voulait qu'on l'aime, qu'on l'aime et qu'on l'aime encore.

J'ai fini mes épis de maïs. J'en ai bien fait une centaine. Norma éclate de rire.

— *¡Katarina! ¡Qué bueno!*

Dans sa bouche, mon prénom ressemble à un roulement de tambour. Katarrrrrrina !

C'est à quelle heure le peloton d'exécution ?

Ils ne comprennent pas que je ne sois pas mariée. Secouent la tête, se frappent le front. Ici les filles ont des enfants à quinze ans.

— C'est parce que je suis une enfant ! je leur réponds en riant.

Ils ne rient pas du tout et se signent.

Je vis pieds nus au milieu des dindons, des chèvres, des arbres, sans cuvette sur les toilettes, avec des nuées de moucherons sur la tête. Je lis *Guerre et Paix*, assise sur une natte en palme. Rassurée : Natacha est aussi nunuche que moi, et c'est une héroïne de Tolstoï.

— Que fait Pepe des poèmes qu'il écrit ? je demande à Norma.

— Il s'en sert pour envelopper les légumes et les fruits qu'il vend au marché. T'en ferais quoi, toi ?

— Je les enverrais à un éditeur. On sait jamais.

— C'est ce que lui a prédit El Viejo. Il l'a vu dans un rêve. Un jour, un Américain achètera des fruits à Pepe. Il lira ses poèmes sur la feuille d'emballage, les fera traduire et les publiera. Pepe deviendra riche et célèbre. Mais l'argent viendra pourrir son don, il n'écrira plus rien de bon !

— Et tu le crois ?

Norma hausse les épaules, ramène son châle sur l'épaule, trie les épis.

— On verra bien. Javier est un sorcier.

Elle s'arrête, casse un épi, en jette la moitié.

— Même les sorciers peuvent se tromper. Va me chercher la bassine en plastique rose, on va faire de la purée d'ananas.

Je dors dans le hamac rouge. Eugène a choisi le vert. En fin d'après-midi, un jour, je m'installe dans le hamac vert. Il est distendu, je peux poser un pied à terre et me balancer. La vue est plus jolie. Elle donne sur un grand cactus fleuri. Je ne savais pas que le cactus portait des fleurs. J'ignorais aussi qu'il embellissait les cheveux, la peau, les ongles. En plus, il coupe l'appétit et détruit les graisses. Il va devenir mon meilleur ami.

Je me balance, je me balance, quand je sens dans mon dos un truc dur qui me perce les côtes. Je gigote, tournicote, tends une main puis une autre et extirpe… *Manhattan Transfer* de Dos Passos.

Eugène est partie sans son livre ?

Eugène est partie sans son livre !

EUGÈNE VA REVENIR.

Que choisit-on de conserver quand on va tout perdre ?

EUGÈNE VA REVENIR.

Et elle m'appellera « Mouflette ».

Un jour, en fin de matinée, je suis en train de traquer le poil sur mon mollet avec une pince à épiler quand j'entends un bruit de camion.

Je ne lève pas la tête tout de suite. L'épilation à la pince exige une grande attention. Il ne faut surtout pas perdre de vue le carré poilu qu'on est en train de désherber.

Le poil est une affaire de famille.

Mon frère, le petit chimiste, avait donc entrepris de mettre au point une pâte qui anéantirait le poil. À vie. Il passait de longs après-midi concentré sur ses éprouvettes, et tentait toutes sortes de mélanges qu'il essayait sur lui.

Il n'était jamais satisfait, car toujours le poil repoussait. Parfois même en laissant de grandes plaques rouges qu'il grattait jusqu'à les faire saigner.

Un jour, alors que le tonnerre résonnait dans les montagnes, il s'écria : « J'ai trouvé ! »

Les tantes, les mères, les grand-tantes et ma grand-mère furent convoquées dans la salle à manger et tendirent, qui un bras, qui un mollet, à la pâte blanche appliquée en couche épaisse. L'assemblée retenait son souffle. Du résultat dépendaient la fortune et l'honneur de la famille. Grand-père calculait le rendement d'un quotient à huit actionnaires, oncle Henri cherchait un slogan qui sonnerait bien à la publicité. Genre « La pâte passe et le poil se casse ». On attendit quelques minutes, on racla, on nettoya à grande eau. La peau était rose, propre, lisse. Il n'y avait ni boursouflure, ni brûlure, ni eczéma. Ni poils. Rendez-vous fut pris trois semaines après afin de confirmer.

Personne n'y croyait. Comment imaginer qu'un gamin de douze ans trouverait ce que les laboratoires du MONDE ENTIER s'échinaient à mettre au point ?

— Allons, allons, cessons ces gamineries ! ricanait oncle Modeste, qui ne l'était pas et enrageait qu'on lui pique la vedette.

— Une plaisanterie, je dirais mieux, une galéjade ! persiflait mon grand-oncle Robert, toujours amer.

La gent masculine, prudente, n'avait soumis aucun centimètre de peau à l'essai.

Trois semaines après, les avant-bras et les mollets s'exposaient. Et… SURPRISE ! Pas un seul poil en vue ! Ma grand-tante Albertine contemplait, médusée, sa jambe droite imberbe. Le petit chimiste hochait la tête, impassible. Il le savait. Quand l'intuition scientifique se précise, la certification se précipite. Einstein l'avait dit avant lui. Le ton envers mon frère changea. Les oncles ricaneurs déricanèrent et se laissèrent tomber sur leurs chaises en défaisant le bouton de leur col.

Grand-mère déclara « cet enfant est un génie ». Mon frère était son petit chéri. Elle lui demandait dix fois par jour « fais-moi les yeux doux » et il s'exécutait, testant son pouvoir sur les femmes. Et empochant 5 francs. À mettre au crédit de ses recherches, bien sûr. Elle le laissait gagner aux cartes pour ne pas lui faire de peine et cuisinait, rien que pour lui, de la blanquette tous les samedis à midi.

Elle alla chercher une bouteille de génépi. On but, on se grisa, on élucubra, on tituba. Chacun réclamait un pourcentage pour s'être prêté à l'expérimentation. Quand soudain l'oncle André, de dessous son béret, demanda :

— Et tu y as mis quoi, petit, dans ta potion magique ?

Mon frère fouilla ses poches, cherchant le papier où il avait tout noté, se rappela qu'il avait changé de short la veille, courut jusqu'à la chambre, revint, abattu : le short avait disparu.

— Boudhiu ! dit grand-mère, les bras au ciel, je l'ai emporté hier soir au lavoir. Il avait une tache d'encre violette.

On n'a jamais retrouvé la recette.

Mon frère a mille fois recommencé. En vain.

Adieu veau, vache, cochon, couvée !

Pour vous dire que, dans la famille, le poil est une affaire sensible.

Donc ce matin-là, sur ma natte dépliée, je finis d'arracher le dernier poil du carré puis relève la tête.

Le camion de Pepe vient se ranger. Le moteur est coupé. Dans la cabine, trois formes s'agitent. Pepe, Eugène et… je ne distingue pas bien. Une chose poilue avec un long nez et deux languettes qui pendent comme les oreillettes d'un bonnet d'aviateur…

Pepe, Eugène et… un chien rayé jaune et marron, mélange de lévrier afghan et de puma. Il avance tel un mannequin qui tricote des jambes sur un podium de haute couture.

Quand Eugène s'arrête, il stoppe net, quand elle repart, il tricotine.

— Je te présente El Perro, dit Eugène.

Le chien pivote, penche la tête à droite, à gauche, me mesure, me calcule, m'étalonne sans bouger.

— Salut, le chien ! je dis en levant la main tel un Indien croisant un autre Indien sur les Champs-Élysées.

Je me garde bien de lui faire un câlin ou de lui flatter l'encolure. Je n'aime pas la familiarité de certaines personnes envers les jeunes enfants ou les canidés. Ils les tapotent, les tripotent, les bécotent comme si leur statut d'humain et d'adulte leur permettait toutes les privautés. L'affection n'est pas de la roupie de sansonnet. Il faut la dispenser avec respect.

— Il est mexicain ? je demande à Eugène.

— Oui, mais il a horreur des sombreros et des mariachis. Ça lui rappelle de mauvais souvenirs.

— C'est pour lui que tu es partie ?

— Je vais lui chercher de l'eau, elle dit en me tournant le dos.

Je reste seule avec El Perro. Il n'est vraiment pas beau. Pas beau du tout. Je me reprends et m'interroge : pourquoi cette frénésie de la beauté ? Ce désir furieux de la posséder, de la marquer de mon sceau de propriétaire ? Raoul était beau. Je me suis emballée, j'ai dépensé toute mon énergie pour lui. Que reste-t-il de notre aventure ? Pas la moindre neige du Kilimandjaro.

L'homme-qui-prétend-m'aimer-et-me-fait-pleurer est beau aussi. Mais tout cabossé à l'intérieur. Et, si je réfléchis, ce sont ses bosses qui me retiennent et me lient.

El Perro suit mes pensées et attend. Comme s'il disait, « tu vas m'aimer quand même ? ». Je lui tends la main. Il baisse la tête et vient poser sa patte sur mon bras.

— Il est incroyable, ce chien ! je dis à Pepe, qui a fini de vider son camion. Il m'a tendu la patte !

— *Sí, ¡muy cariñoso!*

— Plus que ça ! Il a lu dans mes pensées ! Il appartient à Eugène, c'est ça ? Et vous êtes partis le chercher ? Pourquoi vous m'avez rien dit ? J'aurais compris, tu sais...

— Il a besoin de repos.

— Dis-moi !

— *Tres tristes tigres tragaban trigo en un trigal, en un trigal tragaban trigo tres tristes tigres...* Exerce-toi ! Tu arrêteras de poser des questions.

— Personne me répond. J'en ai marre !

— Aide-moi plutôt à porter ces deux sacs-là.

— C'est quoi ?

— Des affaires.

— Les affaires de qui ? Tu vois ? Tu continues à rien me dire !

J'empoigne les deux sacs et l'accompagne.

Suivie par El Perro qui tricote derrière nous.

Cette nuit-là, dans son hamac vert donnant sur le cactus à fleurs, Eugène fait un cauchemar. Elle gémit, pleure, immobile comme si elle avait les mains liées dans le dos. Le chien qui dort par terre bondit dans le hamac et vient se coucher sur ses pieds. Le hamac tangue, Eugène ne se réveille pas.

Je vois, dans le noir, les yeux jaunes du chien. Il geint en sourdine. Un petit pleur d'accompagnement qui signifie « je suis avec toi, je souffre avec toi, tu n'es pas seule ». Eugène s'apaise. Le hamac s'immobilise. Le chien ne bouge pas, attentif. Puis il soupire, laisse tomber son museau sur ses pattes et s'endort. Les yeux grands ouverts, je me coule dans le hamac.

Je ne connais toujours pas le secret d'Eugène.

Puisque Pepe se tait, j'entreprends de faire parler Norma.

Je la suis partout. Lui propose de l'aider à nourrir les animaux, à éplucher les légumes et les fruits, à faire la cuisine, à laver les nattes, les hamacs, les ponchos, les pulls en laine rêche des hommes. Je lui demande ce qui lui ferait le plus plaisir au monde. Je prononce « *el muuuuundo* » et dessine une grosse mappemonde pour la faire rire.

Elle se plisse de rire. Elle dit « je sais pas ». Et puis, elle lâche son couteau et un voile de larme brille dans son œil.

Je sais : elle veut voir sa fille. Même sur un écran de télévision. LA VOIR. Lire sur son visage si elle a bien mangé, bien dormi, si elle a besoin d'une deuxième couverture, la nuit. Je ne dis rien. Je ne veux pas enfoncer le couteau dans la plaie.

Je veux devenir son amie, sa complice.

Et qu'elle me raconte l'histoire d'Eugène.

Eugène et El Perro ne se quittent pas. Elle s'agenouille devant lui, lui parle à l'oreille, « *sí, amorcito, cuídate mucho... ¿Te acuerdas de la última vez? Tu eres mi perro querido...* ». Sa voix haut perchée grésille de tendresse.

Elle lui nettoie les oreilles, les yeux. Désinfecte les coussinets de ses pattes.

— Il s'est fait mal ? je demande à Norma.

— *¡Bestias! ¡Qué bestias son los hombres!*

Les hommes sont des brutes.

Je suis bien d'accord, Norma, je suis bien d'accord.

Je lui raconte mes étés à la montagne chez ma grand-mère, dans cette vallée sauvage sans avion ni train. À la Fresquière. Un hameau planté sur le bord de la route pour Barcelonnette. Le lavoir, le trou pour les toilettes, les moutons et les chèvres, les bouquets enrubannés de lavande, les marches vers le sommet de l'Aupillon, départ à cinq heures du matin avec gros pull et gros souliers. Des kilomètres et des kilomètres à grimper. On chantait « dans la troupe, y a pas d'jambes de bois, y a des nouilles mais ça n'se voit pas, la meilleure façon d'marcher, c'est encore la nôtre, c'est de mettre un pied d'vant l'autre et d'recommencer ! Un, deux, nous sommes les carabiniers, trois, quatre, nous arrivons toujours en r'tard au réfectoire ! ».

Les paroles étaient idiotes, mais entraînantes. On marchait, on mettait un pied d'vant l'autre, on cueillait des edelweiss, on se barbouillait de myrtilles, on apercevait des chamois, des marmottes, des fouines, des hermines. On longeait des lacs vert foncé. On était si essoufflés que personne ne parlait. Mais on ne déclarait jamais forfait. Fallait sauver l'honneur !

Je chantonne. Je mime les carabiniers. Norma dodeline de la tête. Alors j'assène ma question :

— C'est quoi, l'histoire d'El Perro et d'Eugène ?

— *No sé.*

— Norma ! Dis-moi. Vous l'avez rencontrée comment, Eugène ?

— *¡Muy frágil!*

— Eugène ? Fragile ?

— *Sí. Muy frágil.*

Elle tourne la bouillie de polenta dans la grande casserole sur le feu. Laisse tomber des bouts de patate douce et de cochon. Remue, muette. Fermée à double tour.

Je tente d'autres façons de la confesser. Ça finit toujours par « *muy frágil* », comme si cela suffisait à me livrer la clé du secret.

Si seulement El Perro pouvait parler !

Il ne lui manque que les mots, à ce chien aux longs poils de lévrier et au museau de puma.

Il ne lâche pas Eugène. La nuit, au premier gémissement, il bondit dans le hamac vert. Je les observe, Eugène et lui, et remarque que, chaque fois qu'Eugène fait un cauchemar, elle tient ses bras dans le dos comme s'ils étaient attachés.

C'est un indice, ça.

Puisque personne ne veut me parler, je vais devenir détective privé.

Un matin, je renverse mon gros sac dans mon hamac pour retrouver mon billet d'avion.

La veille, j'ai entendu Norma dire à Pepe que samedi 27 juillet, c'est jour de marché, il doit aller chercher de l'argent à la banque à San Agustín.

C'était après le dîner. Eugène lisait Dos Passos sur une natte étalée sur le sol de la cuisine, la tête posée contre le flanc d'El Perro, Pepe réécrivait un poème sur un coin de table. Il mordait le bout d'un stylo, buvait du Coca au goulot et rotait. El Viejo préparait une potion pour soigner la dépression d'un voisin. Il faisait brûler des feuilles et des racines dans un pot en terre et psalmodiait, la mine patibulaire.

Je veux pas partir, j'ai pensé. Je veux devenir la meilleure égreneuse de maïs du monde, dormir dans le hamac, avec Eugène et El Perro, apprendre le secret des plantes et le langage de Dieu avec El Viejo, galoper dans les champs de maïs sans jamais tomber.

— JE VEUX PAS PARTIR.

Eugène a levé la tête et a dit :

— Si. Il faut que tu rentres.

Derrière son bol en terre qui fumait, j'ai entendu la voix d'El Viejo.

— Elle doit faire le voyage vers l'homme qui ne sait pas aimer. Comme l'aigle empêtré dans le filet, elle doit s'échapper et voler vers le ciel. Alors le soleil se répandra sur elle. Si elle renonce, son âme deviendra boue aux plumes sales, elle sombrera dans le noir.

C'est bien écrit sur le billet : départ 20 h 55 de Mexico, mardi 30 juillet. Retour à Paris.

Je range mes affaires dans le sac. Un ticket de métro tombe. Je le ramasse pour le jeter quand j'aperçois un gribouillis. Je me penche et déchiffre : RENTRE VITE OU...

— Ou quoi ? je dis à haute voix.

Je le dis très fort parce que j'ai très peur.

Ça ratatine, la peur. On devient une petite boule, on n'ose plus sortir de sa boîte. Je veux apprendre. Devenir grande. Forte. Pas rouler dans une boîte. Cet homme ne m'aime pas. Il me veut rien que pour lui. C'est de la possession, pas de l'amour.

Réfléchis, ma petite chérie.

Quand je veux avancer dans la vie, je me caresse avec des mots doux. Parce qu'alors j'écoute. Si je me parle trop fort, j'entends pas.

Le samedi matin, nous partons à San Agustín avec Pepe et Joselito. Eugène a refusé de poser son livre. Norma n'avait pas fini sa lessive.

San Agustín est un gros bourg de 2 000 habitants. Samedi, c'est jour de marché, tout le monde met ses beaux habits et sort se pavaner. Les femmes portent de longues robes bleues, jaunes, de larges paniers sur la tête, remplis de fleurs, de fruits, de légumes, de cous de poulet qui dégoulinent. Les maisons sont violettes, vertes, rouge sang ou bleu pâle, posées au milieu des bougainvilliers.

Pendant que Pepe est à la banque, je déambule avec Joselito. Il est tout petit, tout carré. J'ai l'impression d'être son garde du corps.

On traîne sous les arcades, on passe devant des magasins de mobylettes, de pneus d'occasion, de fleurs artificielles, de poêles, de tuyaux. Jusqu'à une boutique en forme de boyau. Tout au fond se tient Carlos, le *barbudo* qui était monté dans le camion avec Eugène, Pepe et moi, me transformant en feuille de salade pour club sandwich.

Il est assis au milieu d'un bric-à-brac et tente de convaincre un client aux cheveux blancs d'acheter un poste de télévision. Joselito s'arrête net. Il a aperçu sur l'écran une publicité qui annonce le feuilleton du soir : *Flor de amor*, avec Adriana. Il écarquille les yeux. Carlos le prend par le bras.

— Tu veux l'acheter, cette télé ? il dit très fort.

Il lui fait un large clin d'œil qui signifie « dis oui, comme ça le vieux aura peur que tu l'achètes et il la prendra ! ».

Joselito n'entend rien. Sa fille ! Il s'approche de l'écran, colle son nez dessus.

Le vieux se décide. Il sort un paquet de billets, s'appuie sur la table pour les compter et alors…

Je m'entends crier :

— Je l'achète ! Je l'achète !

Au casino, devant ma pile de jetons gagnants, j'avais promis à Dieu, aux anges et aux archanges, à tous les saints, français et mexicains, de partager mon butin. Je tiens ma promesse à San Agustín.

Carlos me dévisage, stupéfait. Sur l'air de « t'es sûre de sûre ? ». J'abaisse une chaussette, exhibe mes chèques American Express. J'ai tellement peur qu'on me les pique que je les emporte partout avec moi.

L'homme aux cheveux blancs vocifère. Carlos tient bon. On repart avec la télévision.

Le soir, à l'hacienda, à sept heures moins le quart, nous sommes assis devant la télé. Générique, musique et… Adriana apparaît. Belle, brune, provocante. Difficile de croire qu'elle est la fille de Norma et Joselito. Elle marche dans un aéroport et les hommes se retournent. Norma recule d'un bond sur sa chaise, se griffe les joues, Joselito se mord les lèvres, El Viejo, le dos tourné à l'écran, lui ordonne de venir demander pardon à ses parents.

— Pourquoi ? bondit Eugène. Laisse-la tranquille !

— Le ciel est bas quand l'enfant est ingrat.

— N'importe quoi ! Adriana est une femme, pas une gamine.

— Pas mariée !

— Fous-lui la paix ! dit Eugène. Elle est libre. Libre.

— *¡Cállate!*

— Je me tairai si je veux ! Arrête de terroriser les gens. Ce n'est pas parce que tu parles à Dieu qu'il faut faire chier tout le monde !

Pepe intervient.

— Hé ! On est là pour faire la fête et remercier Katarina. Pas pour se battre. Calmez-vous !

Carlos frétille sur sa chaise, cherchant à faire diversion.

— Je pars mardi à Mexico, je dois aller chercher du matériel. La petite Française m'a porté bonheur, j'ai vendu trois télés après son passage. Sauf que je les ai pas en réserve. Je dois aller les chercher.

— À Mexico ? dit Eugène.

— *Sí.*

— Tu peux déposer Katherine à l'aéroport ? Son avion part mardi soir.

— *Claro que sí.*

Il me donne une grande claque sur l'épaule, affirmant que c'est « un gran placer ».

Plaisir ? Vraiment ? Mon séjour au Mexique est fini. Je vais retrouver Paris.

— Tu la connais, Adriana ? je demande le soir à Eugène.

— J'ai pas besoin de la connaître pour la défendre. J'en ai marre de tous ces mecs qui nous harcèlent.

— C'est qui « tous ces mecs » ?

— Ces machos qui font la loi à coups de gueule et de muscles. Même les petits pois s'y mettent. Je les déteste.

Moi aussi. Mais je ne les affronte pas de face, comme elle. Je louvoie, je diplomate, je saute par la fenêtre, grimpe dans la cheminée, sors par le soupirail. Eugène est mon idole, mon héroïne, ma pièce de cent francs or.

— Eugène, suis triste.

— Pourquoi, Mouflette ?

Joie, félicité, dragées par poignées ! Elle m'a appelée « Mouflette » une deuxième fois.

— Comment on va faire pour se revoir ? Je déménage tout le temps, j'ai pas le téléphone, et toi tu arpentes le monde.

— Je t'appellerai à *Paris Match*. Tu vas tous les enfoncer. T'auras un grand bureau, tu seras mon héros.

— J'ai pas de bureau, suis une toute petite enquêtrice de rien du tout qui commence…

— Eh bien ! On laisse faire le hasard. Il fait très bien les choses.

Je fronce le nez.

— Mais si ! Il nous a présentées. C'est pas pour nous séparer. Il a une idée dans la tête. Allez, dors.

— Eugène, tu vas me manquer…

— Tu m'oublieras dès que tu auras posé le pied à Orly.

— Jamais. Je t'aime pour la vie.

— Doooors ! J'aime pas quand ça devient sentimental.

Le camion de Carlos brinquebale sur les routes jaunes et je mange de la poussière. Je regarde par la fenêtre les cactus droits, pleins de petits bras qui leur donnent des airs de poteaux indicateurs. Paris : 9 200 kilomètres à vol d'avion.

Eugène a laissé un mot sur mon sac. « On se reverra, t'en fais pas. » J'ai pas pleuré parce que c'était sans espoir, mais le cœur y était.

J'ai plié le petit mot, je l'ai mis dans ma poche. Je me suis dit qu'il me donnerait du courage. J'étais en grand déficit.

Eugène savait bondir, rugir, frapper. Avec des mots ou un fer à repasser. Je devais apprendre. Il faut être solidement arrimé pour ça. Moi, je ne suis pas attachée, je flotte. J'ai appris à me défendre en courant très vite. Ou, si je suis honnête, en prenant la fuite. Je n'ai jamais eu le courage de me retourner et de frapper l'adversaire d'une phrase bien tournée ou d'un coup de poing sur le nez.

— *¿Qué te pasa, chiquilla? ¿Estás triste?*

J'adresse à Carlos un pauvre sourire de souris étranglée dans un piège à fromage.

— Mais tu vas retrouver Paris ! il dit pour m'entraîner.

Il frappe sur son volant et, pour un peu, il danserait la java bleue. Il va me parler de la tour Eiffel, des Champs-Élysées, de Brigitte Bardot et des petites femmes en guêpière.

Je coupe net.

— Pourquoi il aime pas les mariachis, El Perro ?

Carlos répond sans réfléchir :

— Ils lui ont brûlé les pattes quand même ! On t'a pas raconté ?

— Euh…

— C'est pas à moi de te le dire, alors. C'est leur affaire. Une affaire de famille. T'as vu comme c'est parti en vrille samedi soir ! C'est de l'inflammable quand ils sont tous ensemble.

Je viens d'apprendre un truc : Eugène fait partie de la famille. Mais en tant que quoi ? Je tente une vieille ruse du temps des Hottentots.

— J'ai oublié de demander son âge à Eugène. C'est idiot !

— C'est pas difficile, elle avait dix-neuf ans quand elle est arrivée ici la première fois avec Raphaël. Et c'était il y a cinq ans. Alors fais le compte…

Raphaël ? Qui est Raphaël ?

— Je me souviens très bien, il continue en klaxonnant dans les tournants, j'étais à l'hacienda. Ils avaient l'air sacrément amoureux. Elle était toute douce, toute gentille. Lui, un soleil ! Raphaël était un Mexicain blond aux yeux bleus ! *¡Madre mía!* La beauté faite homme. Toutes les femmes en étaient folles ! Raphaël a présenté Eugène à Pepe. Il adorait son oncle… Il était fier de sortir avec une Française ! Et, s'il n'y avait pas eu le drame, ils seraient encore ensemble, j'en suis sûr. Tu t'approchais d'eux et tu prenais feu tellement ils étaient *calientes* !

— Elle a été courageuse quand même… je hasarde.

— Un taureau furieux, tu veux dire ! Elle a tout fait pour que Raphaël n'y aille pas et pis…

Je soupire. Marmonne « quel malheur tout de même ! » en espérant qu'il va dévider son récit. Il passe la main sur son visage. Se mâche la lèvre supérieure.

— Ils étaient si beaux, si lumineux ! On les regardait et on était heureux. T'as un amoureux à Paris ?

Je hoche la tête. Même que je vais devoir y mettre de l'ordre. Va pas falloir que je prenne mes jambes à mon cou, cette fois. C'est peut-être ce qu'a voulu me dire Eugène : on se retrouvera si j'apprends à bondir, à rugir. Elle n'a pas envie d'avoir une chiffe molle comme amie. Je la comprends.

Après, on arrive à Tehuacán. On s'arrête dans un café et, de fil en aiguille, on embarque un type qui va à Mexico, car il a coulé une bielle. Je m'enroule dans un coin. J'ai pas envie de faire la salade dans le sandwich, cette fois. Et je dors.

Quand je me réveille, on est devant l'aéroport international de Mexico. Carlos me dit qu'il ne peut pas rester garé longtemps.

Ainsi, c'est pour de vrai : je rentre à Paris.

2
Paris

Il fallait que je rompe avec l'homme-qui-prétendait-m'aimer-et-me-faisait-pleurer. Sinon je me ratatinerais et disparaîtrais. Ou finirais en orbite autour du monde pour lui échapper.

Je me suis dit « t'as le droit à plusieurs essais, tu vas pas y arriver la première fois ». Je ne voulais pas présumer de mes forces. C'est comme ça qu'on se décourage. Et qu'on renonce. Valait mieux me donner de l'indulgence, sinon j'allais tomber dans le mépris de moi-même.

Le premier essai, je le rate.

On s'est fixé rendez-vous à une terrasse de restaurant. J'arrive la première. Je commande un gin tonic

BAZAR
GLOU GLOU
GLOU

pour me faire de l'effet. Je le vois arriver de loin au volant de sa grosse voiture, il cherche une place pour se garer. J'ai des sueurs froides. Ce n'est pas une image pour faire beau. J'ai de l'eau glacée sur les tempes. Des écrous dans les genoux, des plaques rouges sur le cou, dans les cheveux, partout. Je me rappelle le pavé jeté dans la vitrine, ses colères au restaurant, les poignées cassées de ma petite Austin, les mots orduriers qu'il prononce quand il est en colère (« Va te faire fourrer rue du Four » – j'habite rue du Four), les nuits entières où il veut me faire avouer des listes d'amants et de péchés. Je cherche la sortie de secours, je me souviens d'Eugène et me colle à ma chaise.

Ce soir-là, je rentre chez lui, je glisse dans son grand lit, il se casse en deux au-dessus de moi, en boxeur rompu, mais je ne fais pas « tuuut tuut, je suis là ». Je reste sur mon quant-à-moi.

Au deuxième essai, j'arrive en retard. Exprès. C'est un restaurant de grand hôtel. Avec chef étoilé. Je traîne un peu à l'entrée. Histoire de me donner du courage. Je l'observe. Il lit le journal, trempe ses lèvres dans un whisky avec trois glaçons. Jamais plus. S'il y en a un de plus ou de moins, il le renvoie sur un ton qui n'admet pas la contestation. Au bar, deux filles parlent de lui. Elles ne tarissent pas d'éloges. Elles le trouvent beau, séduisant, élégant, et « en plus, il a quelque chose de mystérieux », « de presque dangereux », dit sa copine. « C'est tout ce que j'aime chez un homme », elle conclut.

Alors, un truc hurle en moi. Ça me tord les entrailles, « elles ont pas le droit ! IL EST À MOI ». Un instinct de propriété fulgurant. Ça me fait perdre mes moyens. Je vais m'asseoir à sa table. Je rentre chez lui, je glisse dans son grand lit. Il se casse en deux et je dis « tuut tuut, je suis là », d'une toute petite voix.

Le matin, je ne suis pas fière.

Au troisième essai, je fais n'importe quoi. Je le rejoins dans un café, je débite « c'est fini, on arrête, tu me fais trop peur, je sais plus sur quel pied danser, je préfère partir ». Sans respirer ni rétrécir. Droite sur ma planche de fakir.

Il sort une bague avec diamants et saphirs.

— Épouse-moi, s'il te plaît…

Je m'enfuis à toute allure.

Le quatrième essai est le bon. J'ai répété devant une glace. Prévu des réponses à tout. La demande en mariage, les promesses de changer, de devenir un homme parfait, la menace de m'enlever ou d'en finir avec sa vie. J'ai appris la bouche et les yeux durs, le sourcil froncé, je me plante devant lui et déclame « j'ai vingt ans, je ne veux ni me marier ni faire des enfants, je veux autre chose. Je ne sais pas quoi encore, mais autre chose. Et surtout sans toi. Voilà. Adieu ».

Je prends ma dignité sous le bras, je sors.

Et ça marche.

Il faut dire qu'il s'est passé une chose épatante dans ma vie. J'ai rencontré quelqu'un. Et ne veux pas lui lâcher la main…

Elle s'appelle Juliette Boisriveaud, elle travaille à *Paris Match* et dirige la première partie du journal, « Match à Paris ». C'est une journaliste renommée, une autorité blonde et précise. Elle est drôle, percutante, brillante. Elle tire à vue sur les clichés, le convenu, la facilité, et traque le sel et le poivre. Elle me parle avec respect, me vouvoie, me donne un bout de son croissant le matin (elle veut pas grossir), des enquêtes à faire et un premier article à écrire.

— Moi toute seule ?

— Vous toute seule.

Je ne me rappelle plus quel était le sujet. Je me souviens que je n'ai écrit que pour lui plaire. L'éblouir. L'assurer qu'elle avait bien placé sa confiance et que ça pouvait lui rapporter gros.

Je dégaine mon attirail : principales, subordonnées, conjonctives. « Néanmoins, pourtant, cependant. »

Thèse, antithèse, synthèse. Tout mon savoir-faire universitaire. J'ai des lettres et les tartine comme des rillettes.

Elle jette un œil pointu sur ma copie, saisit un Bic rouge, barre, barre, barre et dit « nul. Recommencez. Je veux des odeurs, des couleurs, des bruits. Des faits, pas des mots abstraits. Vous êtes Tintin au Tibet, pas Simone de Beauvoir à Saint-Germain-des-Prés ».

Qu'est-ce qu'elle veut dire ? Je comprends plus le français.

Je recommence. Je recommence. Je recommence.

Elle lit.

Mitraille, « On voit quoi ? On sent quoi ? On entend quoi ? Qui parle ? Qui écrit ? On dirait du vieux Chateaubriand trop cuit. C'est immangeable. Écrivez comme vous êtes ».

JE NE SAIS PAS QUI JE SUIS. C'EST MON PROBLÈME. VOUS CROYEZ QUE J'AURAIS SUPPORTÉ UN AN L'HOMME-QUI-PRÉTENDAIT-M'AIMER-ET-ME-FAISAIT-PLEURER SI JE LE SAVAIS ?

Ça prend toute une vie de savoir ça. Et encore... Y en a plein qui meurent sans avoir compris. La vie passe sous leurs yeux et ils ne savent même pas compter les wagons.

Je sais courir, rire, lire, désobéir, casser ma tirelire, séduire, applaudir, sauter dans un navire, je sais aussi que j'abhorre les ronds-de-cuir, mais ça ne suffit pas à me donner une carte d'identité.

J'ai quitté l'homme-qui-prétendait-m'aimer-et-me-faisait-pleurer et j'ai du mal à rassembler mes morceaux. J'ai encore peur quand je le croise. Envie de glisser dans son grand lit. Pourquoi ? Encore un truc que je ne sais pas.

Je vis en coloc avec une fille, Carine. Le téléphone sonne, sonne. Ses amants sont célèbres, puissants, ils ont le bras long. Le matin, dans la salle de bains, je croise un futur président (de la République), la star du film à l'affiche ou le présentateur du journal télévisé. Mes amants sont charmants, mais ils ont le bras court.

— T'iras pas loin dans la vie, dit Carine, assise sur le radiateur du salon, en mangeant un kiwi.

Juliette m'observe.

Je parle anglais. *She loves it.*

Je sors tous les soirs. *Ring a ding*, racontez-moi !

J'ai lu tous les livres de la bibliothèque municipale par ordre alphabétique, *mamma mia* !

Je lui raconte mes jours et mes nuits, elle dérive.

Elle continue de barrer de rouge mes copies.

De moins en moins. Parfois elle lâche « c'est bien, ça vient ». Et je tombe à ses genoux.

Un jour, sous sa mèche blonde et lisse, un cigarillo entre les doigts, elle me glisse, « ça vous dirait de lancer un nouveau journal avec moi ? ».

Je réponds pas.

Je suis baba. Elle m'a choisie, MOI.

— Vous ne ferez jamais rien à *Match*. C'est un monde de machos. Les filles sont des grelots ou des appâts. Vous écrirez sur les expositions florales, la froidure de l'hiver, l'ourlet des robes des princesses. Je vous propose une aventure, un métier. Un vrai. Lancer un magazine de zéro. Choisissez !

Le journal s'appelle *Cosmopolitan*. C'est l'adaptation d'un titre de presse américain. *For women only*. Quitter *Paris Match* pour un magazine féminin qui n'existe pas encore ? T'es zinzin, ma pauvre fille !

Je dis oui. Je bondis. Je ne veux pas perdre une miette de Juliette. Elle est mon phare, ma tour Eiffel. C'est comme avec Eugène et son fer à repasser à Orly. Ces femmes m'inspirent, elles me montrent la voie. Et j'ai besoin de boussoles pour trouver le nord, suis trop à l'ouest.

Cosmopolitan. Le magazine le plus culotté de la presse féminine. La publicité radio : « Tu mets quoi dans ton bain ? Un bonhomme. » Juliette ose. Tout. Le dépliant d'un sexe masculin avec en titre « Comment s'en servir » ou « Comment simuler un orgasme… parce qu'on a du boulot demain et qu'on est fatiguée » ou « Comment interviewer un Premier ministre sans bâiller ».

Au début, nous sommes cinq. Un directeur artistique, une rédactrice en chef adjointe, une spécialiste beauté, Juliette et moi. On écrit sur les fonds de teint, le soutien-gorge, Saint-Tropez, Gainsbourg, Depardieu, Norman Mailer, Chirac, Kissinger, Jane Fonda, Erica Jong, Freud, les belles-mères, les radins, le bouddhisme, les végétariens, « Il me trompe, je fais quoi ? », « Pourquoi il rappelle pas ? ». Je rédige les horoscopes (en fonction de mon amoureux du moment). Je tiens la rubrique « Célibataire du mois » et braconne l'Homme Charmant.

La devise de Juliette : « Écrivez sur ce que vous connaissez. » J'essaie tout. Des dermatos, des ateliers de cuisine, la vie de cow-girl dans un ranch en Arizona, la traversée de l'Amérique avec dix dollars par jour, la peau de lézard, la culture des tomates sur un balcon, un mois en Finlande en mangeant du plancton, des stages de yoga, la gym sur un matelas, Johnny en transes, l'avortement en France, les inégalités hommes-femmes, allô maman bobo ! Du sérieux au rigolo, tout s'étripe à la moulinette de *Cosmo*.

Les mois passent, les interviews, les reportages, je continue mes leçons d'écriture. Le rouge s'efface peu à peu et un jour… je suis adoubée Chevalier de la plume.

Juliette m'envoie à Saint-Tropez. Mission : vivre les aventures d'une petite oie blanche qui débarque. L'oie, c'est moi. Je dois me laisser entraîner dans toutes les galères, ramer et raconter.

Comme Tintin au Tibet.

3
Saint-Tropez

Le journal, généreux, m'a loué une voiture, une chambre d'hôtel, alloué des frais journaliers. J'ai deux semaines pour boucler l'affaire. Un luxe ! Aujourd'hui, un journaliste a trois minutes et demie et deux questions moins le quart pour interviewer une star. Ce n'est plus du journalisme, mais de la voyance.

Je traîne telle une oie égarée, caquette, repère les fêtes, y pénètre, joue l'ingénue et… prends des notes, ni vu ni connu.

D'une autorité locale, je me suis fait un ami (pas un amant). L'homme est brillant, cultivé. Ricaneur et pas dupe. Un peu Milton, un peu Gainsbourg. Je l'appelle le Prince Huppé. Un épi de cheveux gris orne sa tête telle une crête de vieux coq offensé.

Il connaît tout le monde. Il effleure une porte et elle s'ouvre.

Bonne pioche !

On dit qu'un bon journaliste est celui qui a de la chance. C'est pas faux. Sans cet homme-là, je ne verrais rien. Je lui avoue la vérité (je suis journaliste et j'écris un article sur les nuits chaudes de Saint-Tropez). Il se pique au jeu et me montre les plafonds et les bas-fonds de sa ville. Les soirées sur les yachts amarrés en face de *Sénéquier* ou dans les belles maisons des Parcs, les trafics de filles et de cocaïne dans les bars, les boîtes de nuit. Il me fait rencontrer les fournisseurs (de femmes et de poudre). J'ai l'impression d'être au marché, de discuter le bout de gras des filles et le blanc de blanc de la cocaïne. Tout a l'air si gai quand on le regarde du quai. Et si triste de près, dans ce monde où les filles sont moins habillées que les bouquets de glaïeuls sur le pont des bateaux.

Il commente, il allusionne. Ne livre aucun nom. Je m'en fiche. Suis pas de la police. Je cherche des détails qui sonnent afin que Juliette, à Paris, voie, entende, renifle, goûte. Fasse l'arc-en-ciel et balance son Bic rouge à la poubelle.

Un soir, le Prince Huppé et moi entrons au *Papagayo*...

C'est LA boîte de Saint-Tropez. On s'y précipite du monde entier. Y entrer, c'est ceindre une tiare. Appelez-moi Majesté !

Bizarre, bizarre !

Le Prince Huppé fend la foule sur le trottoir. Je le suis. Il effleure la porte, elle s'ouvre. La musique hurle *Don't Go Breaking My Heart*. Kiki Dee et Elton John.

Il serre des mains, s'incline, promet de rappeler. Oublie. Allume une cigarette, exhibe ses pieds nus dans des mocassins frappés à ses initiales. « Si un jour je suis assassiné, on regardera mes pieds et on saura que c'est moi. Pas besoin de médecin légiste. » Tout le monde rit. Très fort. Il demande une aspirine.

Tout en haut d'un grand escalier se trouve le carré V.I.P. Inaccessible aux communs et aux mortels. Là-haut brillent les étoiles : Mick Jagger, Warren Beatty, Polnareff, Jack Nicholson, Anjelica Huston, Elsa Martinelli, Romy Schneider, Alain Delon, Johnny,

Françoise Sagan, Françoise Hardy, Gunter Sachs, Eddie Barclay, des Italiens et des Allemands très beaux et très riches.

Une femme veille sur eux. Traduit leurs moindres désirs en ordres. Elle est cousue dans un pantalon pattes d'éléphant Avida Dollars, a de longs cheveux qui s'allument sous les projecteurs, des talons de quatorze centimètres. Mince, sinueuse, on dirait une volute de cigarette. Ses cheveux, tirés en arrière, sont aplatis aux racines. Des bracelets pèsent sur ses poignets en ribambelles colorées.

Comme Eugène.

Elle parle à un type qui doit l'énerver, car elle tord le nez de côté.

Comme Eugène.

Eugène me manque.

Deux ans que je ne l'ai pas vue. Elle avait dit, « on laisse faire le hasard », le hasard est une peau de vache. Faut lui graisser la patte pour qu'il s'occupe de vous.

— C'est qui cette fille, là-haut ? je demande.

— Elle vient d'arriver. Chaudement recommandée par Milo, le videur.

— Le mec comme une armoire, avec une tronche de barbelés, à l'entrée ?

— C'est son mec.

— Noooon !

— Mystère de l'amour, ma divine ! « La bonté confiante ne devine jamais le Mal là où il ne semble pas exister. »

Le Prince Huppé parle comme un vieux grimoire. C'est son côté Milton (John, de son prénom).

— Elle me rappelle quelqu'un…

— Le monde est petit, « l'abîme vaste et sans bornes ».

Il ôte une parcelle de tabac de ses lèvres et nous gravissons l'escalier. *Voulez-vous coucher avec moi, ce soir ?* crie Patti LaBelle.

— Jamais avec une femme qui me le demanderait aussi bruyamment ! il réplique. D'ailleurs je ne couche pas avec les femmes…

Il secoue sa cendre, caresse sa joue, pensif :

— Ni avec les hommes. Je préfère me masturber. Pas besoin de converser, je reste entre gens de qualité, *me, myself and I*, et n'attrape pas de maladies.

Puis, sans transition :

— Voilà, vous êtes dans la place. J'ai prévenu Frangi, le patron, on vous laissera circuler. Observez, observez. Faites attention aux hommes. Ce sont souvent des rabatteurs pour vieux schnocks très riches. Ils vous baratinent, vous plongent le nez dans la coke et… *pffft !* on n'entend plus jamais parler de vous.

— Je sais me défendre.

— Comme vous voulez…

— Et je suis là pour travailler !

Il me regarde avec un petit sourire qui présume de mes forces et laisse tomber :

— Les Yougoslaves font des ravages. Ils sont très beaux. De vrais attrape-mouches.

Depuis l'homme-qui-prétendait-m'aimer-et-me-faisait-pleurer, je me méfie des hommes beaux. Je les tiens à distance. Les frôle sans trébucher. Les yeux fermés.

— Ne vous en faites pas. Je vais survivre !

— Si on vous ennuie, je suis en bas, au bar des Allongés.

— Merci. Vous êtes gentil.

— Ne dites jamais à un homme qu'il est gentil. C'est une offense. On ne tombe pas amoureux d'un homme gentil. On le pose au coin du feu et on s'ennuie. Un homme doit être dangereux s'il veut plaire…

Et il part en aplatissant sa houppette, pieds nus dans ses mocassins à initiales.

Je m'avance dans le carré V.I.P., je demande à la fille cousue dans son pantalon, montée sur quatorze centimètres de talon, si je peux passer, et…

Elle se retourne, me voit, et tout son visage fait des ronds de stupéfaction : ses yeux, ses sourcils, sa bouche, et même son menton.

— Oooh… Mouflette !

— Eugène !

Elle pique une crise de joie épileptique. Elle rit, elle tremble, elle part en biais, revient en oblique, lève et baisse la tête, donne des coups de raquette. Un vrai match de tennis. Elle scande et répète « c'est pas-possible-pas-possible ! ».

— Qu'est-ce que tu fais ici ? elle finit par dire.

— Je suis en reportage. « Les nuits chaudes de Saint-Tropez », tu vois le genre…

Je lance ça à la légère, comme si je jetais mon bonnet par-dessus les moulins. Je sens qu'il faut enlever du grave et des graviers, semer des pailles et des paillettes.

— Viens, on va se poser là-bas ! je dis en montrant un canapé profond et bordeaux.

On s'assied, on se raconte, on s'explique, on se tape sur le genou, on se saute au cou. On parle en même temps. On ne comprend rien, on recommence en posant des silences. Je lis sous ses mots qu'elle ronronne de me revoir, que je suis un saint-bernard avec un tonneau, qu'elle va monter sur mon dos et partir au galop. Elle est fatiguée. Elle a perdu son chemin et ne sait plus comment se retrouver. Une menace pèse sur elle. Elle divague, fébrile, fragile.

« *Frágil, muy frágil* », disait Norma en parlant d'Eugène.

Je m'entends chuchoter à son oreille :

— Suis là, Eugène, t'en fais pas !

— Oh mais ça va, tu sais ! Ça va très bien. Qu'est-ce que t'imagines ?

J'ai donc raison de me faire du souci.

— Je te raconte des histoires pour ton article ? Mais tu mets pas les vrais noms ! Parce que sinon…

Couic ! Elle fait signe qu'on lui couperait la gorge.

— T'en fais pas. J'ai rencontré un type très important ici, il me trimballe partout.

Eugène sourit, admirative.

— Il a ses initiales brodées sur ses mocassins ? elle demande.

Mouflette !
Eugène !
Raconte !
Qu
que tu fais ici ?
Un arti
Incroyable !

Je hoche la tête.

— J'ai deviné. Bravo !

— Je l'appelle le « Prince Huppé ».

— Tu pouvais pas mieux tomber. Il connaît tout le monde, il a des dossiers sur chacun. Beaucoup le détestent. J'ai peur qu'il ne fasse pas long feu.

— Tu veux dire... *Bang bang* ?

Je pose deux doigts en pistolet sur ma tempe.

— Ça plaisante pas ici, elle chuchote. C'est du brutal sous les apparences champagne.

Je suis chagrinée pour le Prince Huppé.

— Bon. Faut que je travaille ! elle dit en se levant. On se retrouve demain à dix heures au *Gorille* ?

Le lendemain matin, Eugène arrive à l'heure tapante.

Fraîche et rose. Deux chemises d'homme l'une sur l'autre, yeux maquillés façon balai-brosse, minishort en jean, grand panier en osier, créoles et longues jambes bronzées dans des sandales compensées. Eugène n'est pas jolie morceau par morceau, elle est belle au kilo. On ne la détaille pas, on la prend en pleine figure.

Elle commande un café, dit bonjour à la ronde, on l'embrasse, elle rit, mange une tartine beurrée, en commande une seconde.

C'est bien la même fille qu'hier ?

— Tu t'es couchée tard ? je demande.

— Oui... Et je me lève tôt. Sinon les journées filent, je vaque, je bâille, et c'est déjà le soir. On va à la plage ?

On part à deux sur son Solex. On croise des Mini Moke blanches, des p'tites motos noires, des grosses Ferrari, des Jaguar, des vignes, des lézards, on zigzague jusqu'à Moorea. Eugène se déshabille. Garde juste un slip Dim qu'elle roule sur le ventre façon *itsy bitsy teenie weenie bikini.* Elle a plus de Rimmel sur les cils que de tissu sur le corps. Elle se vaporise de Bergasol. Et, seins à l'air, s'étale sur son matelas avec *Les Thibault*, de Roger Martin du Gard. Tome 3.

— Interdiction de me parler, elle ordonne. Je lis.

— T'as beaucoup voyagé depuis qu'on s'est quittées ?

— Beaucoup.

— T'es allée où ?

— Partout. Je lis.

— T'es restée longtemps chez Pepe après que je suis partie ?

— Un bon mois. Je lis !

— La télé marchait ?

— Tous les soirs. Je lis !

— Et ils étaient contents ?

— Ravis. JE LIS !

— Ravis comment ?

— Bon, j'ai compris. Qu'est-ce que tu veux ?

— Des nouvelles de Pepe et compagnie. Je me suis attachée à eux.

— Ça m'étonne pas, t'es une sentimentale.

— Est-ce qu'ils regardent leur fille à la télé ?

— Non seulement ils la regardent, mais ils lui PARLENT. Ils lui disent de fermer un bouton de chemisier, d'attacher ses cheveux, de se tenir droite, d'arrêter de mâcher du chewing-gum.

— Ils ont essayé de la joindre ?

— Ils osent pas.

— Mais c'est leur fille !

— Oui, mais elle est aussi le personnage du feuilleton, Mercedes Dolores Etna. Ça les complexe. Norma fait des régimes et rafraîchit ses vieilles robes, Joselito soulève des bûches pour développer des biscotos.

— Et El Perro ?

Eugène se retourne sur le ventre et ne répond pas.

J'insiste pas.

On recommence à vivre ensemble.

Oh ! Pas la nuit ! La nuit, Eugène travaille au *Papagayo* et dort avec Milo. Moi, je sors avec le Prince Huppé voir des débauchés.

Mais le jour, je l'accompagne à la plage.

À Moorea. Elle y a ses habitudes. On la connaît, on la cajole, on lui oriente son parasol, on sait à qui elle veut bien répondre au téléphone, quel est son vin préféré, la chaise où elle aime se poser. Elle joue au gin derrière les canisses et plume des blancs-becs qui fument de gros cigares en sirotant des pastis. J'observe le slip Dim roulé sur le ventre, les seins nus au-dessus des salades, des daurades, des cafés. Les bouteilles de rosé qui finissent renversées dans la glace en bouquets de culs de verre.

Parfois, à l'heure du déjeuner, Milo nous rejoint. Il grogne derrière ses lunettes noires et repart sur sa moto.

— C'est quoi, son boulot au *Papagayo* ?

— Virer les gens qui font du vacarme et se conduisent mal.

— Il prend des coups ?

— Il en donne plutôt.

— Je croyais que t'aimais que les timides et les doux.

— J'ai pas dit que je l'aimais.

Elle corne une page du livre qu'elle a posé sur la table. La roule. La tripote.

— Il me protège. Ici, c'est important.

À dix-neuf heures, on plie les serviettes, on monte sur le Solex et on va prendre un verre à *L'Escale*. Étape obligatoire. On dit bonsoir à Félix, le propriétaire. Il pose un bras sur l'épaule d'Eugène. Un bras plein de bonnes intentions. C'est plus fort que moi, je note les bons et les méchants.

Eugène semble heureuse, libre, à l'aise.

Et pourtant…

Une alerte sonne dans ma tête, et je ne sais pas pourquoi.

Quand il ne fait pas beau, on traîne place des Lices. On boit de l'eau teintée d'anis. On regarde jouer les boulistes. Au marché, on s'achète la même casquette rayée. De grosses lunettes noires, un petit foulard. On essaie des pantalons chez Vachon. On se fait photographier par un maigrichon qui tire le portrait des piétons. Je mange des glaces caramel-citron, Eugène croque des pastilles de citrate de bétaïne, elle a des douleurs intestines.

— T'avais pas ça avant ? Quand on était au Mexique…

Elle hausse les épaules.

— T'es malade ?

— Arrête ! Je vais très bien.

N'empêche que ses boyaux sont mal en point.

J'appelle Juliette. Je lui demande si je peux rester une semaine de plus à Saint-Tropez. J'écrirai mon article dans ma chambre d'hôtel.

— Comme Colette, j'ajoute pour l'amadouer.

Je l'entends qui sourit, elle dit oui.

— Vous avez intérêt à ce que ce soit bien écrit !

— Promis ! Hé, Juliette… merci, merci. Vous le regretterez pas.

La ligne bipe dans le vide. Elle a raccroché.

Un matin, Eugène ne vient pas au rendez-vous de dix heures au *Gorille*. Ni au *Papagayo*.

Le matin et le soir suivants, non plus.

J'attends, j'attends.

Je mange des tartines beurrées, je bois des cafés, je dessine des ronds et des carrés. Me fais de mauvais films. Eugène au fond d'un fossé, Eugène violée sur un bateau, Eugène jetée à l'eau, Eugène vendue à un proxo ?

J'ai oublié de lui demander où elle habitait. Impossible de joindre le Prince Huppé. Ni Félix, de *L'Escale*, qui peut-être sait.

J'appelle la plage de Moorea. Non, non, pas là.

Je fais quoi ?

Je cours partout. J'ai mal aux boyaux.

LE GORILLE

Un soir, je vais au *Papagayo*. Grimpe au premier étage. Eugène est là !

Elle porte notre casquette rayée, de grosses lunettes noires, le pantalon Vachon et le petit foulard noué autour du cou. Elle circule parmi les célébrités, se penche, sourit, s'assied, discute, éclate de rire. M'aperçoit, me fait un petit signe de la main. De loin. Comme au voisin qui sort sa poubelle.

Je redescends, vexée, file au bar des Allongés.

— Vous devriez surveiller votre amie, me dit le Prince Huppé. Elle est mal barrée.

— Elle va très bien. Elle rigole au premier !

— Ne parlez pas si vite. Allez voir de plus près.

— Qu'est-ce que vous dites ?

— « Nombreux sont ceux qui s'occupent de circonstances, rares ceux qui remontent aux principes. »

— John Milton, je présume ?

— *Yes, my dear.*

— Il est nul, Milton. Jamais vu un style plus ampoulé ! Arrive pas au mollet de Shakespeare.

Il me tourne le dos, offusqué.

Je lui tourne le dos, énervée.

De quoi parle-t-il ? Que sait-il d'Eugène que je semble ignorer ? J'aime pas quand les gens s'expriment par énigmes façon le Sphinx avec Œdipe. Ça finit toujours mal.

Je file aux toilettes. Me passe de l'eau sur la tête. La colère fume en moi. Respirer, respirer, éteindre le feu dans ma poitrine. J'ouvre et ferme le robinet d'eau froide. *Agua fría.*

Quand on était au Mexique, je croyais que *caldo* voulait dire « froid ». Comme *cold* en anglais. Je demandais quelque chose de *caldo*, on m'apportait un bouillon brûlant et je m'ébouillantais la langue. Eugène riait. Et m'expliquait.

— *Caldo*, c'est un bouillon chaud, *frío*, c'est froid.

Eugène, ce soir, m'a dit bonjour de loin. De très loin. Comme si on n'avait pas fait le coup de poing sur les chemins mexicains.

J'affronte mon reflet dans la glace.

Derrière moi un spectre passe.

Blême. Délavé. Presque trépassé.

Elle ôte ses lunettes, sa casquette, son foulard.

M'aperçoit. Se fige. Le visage lacéré de griffures. Un vitrail rouge, jaune, vert. Un bleu sur la tempe. Du noir au coin des lèvres.

Le plafond me tombe sur la tête, je balbutie :

— Eugène ?

— Quoi ? elle aboie.

Je dessine un rond pour son visage. Et un point d'interrogation.

— Ah ! Ça ?

Sa lèvre supérieure est fendue. Elle grimace. Pose un doigt sur la plaie pour calmer la douleur.

— Je me suis cassé la gueule dans l'escalier, un bouquet de roses dans les bras… À cause de ces foutus talons !

— Eugène…

— J'ai rien vu venir. J'ai dégringolé comme une bille.

— Eugène…

— Suis restée chez moi. J'ai mis de la glace, j'ai pas bougé. Je voulais te prévenir mais… c'est bête, j'ai oublié de te demander le nom de ton hô…

— Eugène !

Je m'approche, veux la prendre dans mes bras. Elle me rejette contre le mur.

— Me touche pas ! elle crie. Fous le camp.

— Eugène… qui t'a fait ça ?

— Mais personne ! Puisque je te dis que je suis tombée dans l'escalier !

— T'es pas tombée dans l'escalier.

— Si ! Fous-moi la paix ! Casse-toi !

Elle a parlé trop fort, ça rouvre ses blessures.

— Va-t'en, s'il te plaît, elle dit d'une voix misérable en cachant son visage. Ça vaudra mieux pour nous deux.

— Je te lâcherai pas.

— J'ai mal. J'ai mal partout.

Je l'attrape par la taille. On va s'asseoir sur le couvercle d'un chiotte. Je referme la porte.

— Tu te rappelles au Mexique quand j'ai planqué le fric et que tu soupçonnais Raoul de l'avoir piqué ?

— Il te l'avait piqué ! elle grince en biais.

— Tu te souviens de ce que tu m'as dit ?

— Je prends pas des notes quand je parle !

— Tu as dit : « Leçon numéro 1, ne JAMAIS faire confiance à un homme. L'homme est un prédateur pour la femme. »

— Et alors ?
— Qui t'a fait ça ?
— N'importe quoi !
— Qui, Eugène ?
— C'est pas ton problème.
— Je vais aller voir le Prince Huppé, il me dira qui c'est. C'est lui qui m'a alertée…
— Lui dis pas, s'il te plaît ! Je vais encore dérouiller.

Elle pleure doucement. Si doucement que ça fait du boucan dans ma tête.
— Raconte. Raconte-moi. Eugène !

Elle se recroqueville sur la lunette. Moi, par terre. Je me dis *c'est sale, ça pue, ça colle*, et puis, je me dis plus rien, j'écoute.
— Avant-hier ou avant avant-hier, je sais plus…

— On s'en fout. Raconte.

— Un type m'a offert un énorme bouquet de roses rouges. Il me tournait autour depuis plusieurs jours. Un Italien très beau, très sympa. Milo l'avait repéré. Le mec l'énervait. Il arrêtait pas de me dire, « tu couches avec lui ? Tu couches avec lui ? ». Je répondais pas. J'essayais de le calmer, d'être encore plus gentille avec lui, tu vois le truc quoi...

Les trucs qu'on fait, pas pour se faire plaisir, mais pour CALMER l'autre. Après, on se dit qu'on a été lâche et on se déteste alors qu'on devrait détester l'autre.

Pourquoi on enfile toujours la cagoule de la culpabilité ?

Je lui caresse la main, « suis avec toi, je t'aime, et pour longtemps. J'te signe un contrat si tu veux ». On a besoin d'amour certifié quand on est au fond du terrier. On croit que l'électricité est coupée. Qu'il n'y aura plus jamais de lumière. Alors, on se laisse glisser dans le noir et on se perd.

— Tu as la peau douce, je dis.

Elle a un pauvre sourire qui craque et se déchire.

— Je savais plus comment m'en sortir. J'avais beau le rassurer, il devenait de plus en plus tendu. Tordu même ! Tu te rappelles quand il venait déjeuner avec nous à Moorea ? C'était pour me surveiller. Il faisait un tour de la plage, vérifiait que l'Italien n'était pas là et repartait...

— Et le soir l'Italien revenait...

— Et le cirque recommençait. Quand j'ai reçu cet énorme bouquet de roses rouges, je l'ai rapporté à l'appartement sans y penser et ça a été l'explosion. Il m'a écrasé les roses sur le visage, il me savonnait avec les épines, ça saignait, ça saignait, j'ai crié, il m'a bâillonnée et m'a bourrée de coups. J'ai mal partout ! J'en ai marre, Mouflette, j'en ai marre !

— Laisse-moi réfléchir.

J'appuie mes mains sur ma tête, très fort pour arrêter le remue-ménage. Et j'échafaude un plan.

Je commence par lui réciter ce que j'entendais au lavoir, quand les femmes frappaient le linge sur la route de Barcelonnette. « Un homme qui tape une fois tapera dix fois, cent fois, mille fois. Faut partir la première fois. C'est la règle d'or. Pardonner, c'est accepter d'être un peu moins vivante à chaque fois. »

— Comme dans le roman de Balzac, *La Peau de chagrin*. On diminue, diminue jusqu'à mourir pour de bon. Tu te souviens ?

Elle se souvient.

Je lui raconte pas tout ce que disaient ces femmes. Elle n'en aurait pas l'usage. Mais ce n'est pas périmé. Par exemple, elles affirmaient qu'il ne faut jamais faire ses vitres au soleil. Le soleil sèche l'eau en un éclair et laisse de longues traces sur les carreaux. Il faut les nettoyer le matin, quand le soleil ne chauffe pas.

Je dis à Eugène de rentrer chez elle, de se coucher. De demander trois ou quatre jours de congé au *Papagayo*. De prétendre qu'elle a de la fièvre et des règles douloureuses. Ça éloignera Milo. Les garçons n'approchent pas les filles en période de règles douloureuses. Ils les regardent avec des pincettes.

Pendant qu'Eugène se reposera, je m'organiserai.

Juste avant de nous séparer, je lui demande son adresse et à quel étage elle habite.

Je la serre dans mes bras, ça fait comme une chaleur animale et ça lui donne de la force, et je récite ses trois mantras.

— « Sans risque, la vie est trop triste. On n'est pas des touristes. On va se débrouiller. » D'accord ?

J'aurais pas dû.

Elle est partie en vrac. Ça lui rappelait le Mexique, l'hacienda, les hamacs, un homme qu'elle a aimé. J'étais sur le point de dire « je sais, il s'appelait Raphaël », mais j'ai renoncé, ça allait nous emmener aux chutes du Niagara, on avait vécu assez d'émotions comme ça.

Après…

Je sors de la boîte. Passe devant Milo. Il apostrophe une brute, la tient par le col et lui apprend le respect. J'ai envie de le frapper, mais ne m'y risque pas. Il ne doit pas avoir le moindre doute sur ce qui se prépare. J'esquisse un simili-sourire façon faux cuir et je file.

Le Prince Huppé est au bar des Allongés, étendu sur un pouf marocain, un verre de champagne à la main.

— Vous avez changé d'avis au sujet de Milton ? il dit en tapotant sa houppette.

Il me fait signe de m'asseoir à côté de lui.

— Vous aviez raison pour Eugène. Il l'a défoncée…

Il a un regard si triste que j'ai l'impression que je vais devoir le ranimer. Il replie ses jambes, s'assied, très digne.

— C'est inadmissible, il dit.

Il éprouve honte et dégoût pour le genre masculin.

— Je crois que j'ai un plan…

— Milo est dangereux. Et il a des amis TRÈS dangereux. Vous ne ferez pas le poids toute seule.

— C'est pour ça que je suis venue vous voir.

Je me suis exprimée et il a parlé.

C'était quelque chose de l'écouter parler.

Ce soir-là, j'ai compris pourquoi il était une autorité dans la ville. J'ai compris aussi pourquoi tant de gens le détestaient. Il n'était pas coulant avec les truands. Il les mettait à l'ombre d'un gant de fer. Et pour longtemps. Ce n'était pas le genre de type à transiger ou à se faire balader.

Il m'a parlé de sa conscience et de la propreté.

Il voulait pouvoir se regarder dans la glace le matin quand il se rasait.

Je lui ai raconté mon plan. Il a accepté de m'aider. Et on s'est séparés.

À l'hôtel, je me suis rappelé que j'avais loué une voiture, une Peugeot décapotable. Je ne m'en étais pas servie.

Quelques jours passent sans que je voie Eugène. C'est fait exprès. Milo ne doit avoir aucun soupçon. Dans la journée, j'écris mon article pour *Cosmo*. J'ai du mal à rassembler mes idées, à trouver mon rythme, et les mots pour faire arc-en-ciel dans la tête de Juliette et ne pas finir à la poubelle. Le soir, je dîne avec le Prince Huppé. Place des Lices ou à *La Ponche*. Et nous échafaudons. Il me donne des nouvelles du front : Milo s'est calmé, il a acheté une télévision pour se faire pardonner. Eugène reste couchée. Elle attend que je déclenche mon plan pour suivre les pointillés.

Un soir, le Prince Huppé m'annonce que le feu est vert. Il a trouvé un pied-à-terre pour cacher Eugène. Dans une villa de l'arrière-pays. Il me donne l'adresse, rendez-vous à minuit et demi. Il préviendra Eugène et son bigoudi.

Minuit, c'est l'heure où le *Papagayo* bat son plein. Milo a fort à faire. Il bombe le torse, joue des pectoraux, lance des invectives, cloue les becs.

À minuit moins le quart, je me gare sous les fenêtres d'Eugène. Il est prévu qu'elle descende à pas de mouche avec son barda sur le dos.

J'attends. J'attends. Et j'attends.

Je ne peux pas rester au milieu de la rue plus longtemps. Ni klaxonner ni lui téléphoner. Ni crier fort pour l'appeler. Je me gare plus loin. Monte à son étage. Frappe à la porte.

— Eugène ! Eugène !

— Il m'a enfermée ! J'peux pas sortir.

Je pousse un juron, deux jurons, trois jurons. M'assieds sur les marches en tommettes rouges. Me prends la tête entre les mains.

— T'as pas tes clés ?

— Il me les a piquées.

— Il t'a tapée ?

— M'a acheté une télé.

— La fenêtre du studio donne sur la rue ?

— Oui.

Je me souviens des évasions célèbres. Souvent avec des draps noués, il me semble. La bonne vieille méthode.

— T'as des draps ?
— Ben oui…
— Fais des nœuds avec, balance-les par la fenêtre et laisse-toi glisser. Je vais me garer en bas. T'auras qu'à sauter dans la voiture, c'est une décapotable.
— Je te préviens, je suis un peu chargée.
— Allège !
— Ça prendrait trop de temps. Faudrait que j'trie.
— Tant pis… Envoie d'abord ta grosse valise au bout d'un drap, le reste suivra.
— La prends pas sur la tête !
— J'ai du Mercurochrome et des pansements.
— Comme au Mexique ?
— Comme au Mexique !
Je pars chercher la voiture.
Et soudain, sans prévenir, j'imagine le pire. Un film catastrophe. Milo, saisi d'un pressentiment, file à l'appartement, surprend Eugène en pleine évasion et pique une crise de nerfs avec coups de poing et gourdin. Ou il envoie deux loustics qui nous fourrent dans un sac en plastique et nous expédient travailler sous les Tropiques. Mon imagination bat son plein. Mes mains glissent sur le volant, je ne trouve plus la marche arrière. Pourtant, je suis sûre qu'il y en a une…

Juste avant d'entrer à *Match*, j'avais été engagée comme secrétaire auprès d'un directeur d'agence de mannequins. Je l'accompagnais lorsqu'il partait recruter des filles pour papier glacé. Il ne parlait pas anglais, moi, si. On allait en Finlande, en Islande, au

Groenland. En Suède, en Norvège, au Danemark, en Allemagne. Partout où poussaient de longues filles blondes. Avant qu'il ne les cueille et les ramène à Paris, je les interrogeais pour savoir si tout était au carré. Ça avait mal fini (mais c'est une autre histoire !), mais très bien commencé. C'était un travail bien rémunéré et je ne travaillais que les fins de semaine. Je pouvais ainsi continuer l'université. Je rédigeais une thèse de troisième cycle sur Charles Du Bos, allez savoir pourquoi ! Personne n'en voulait à l'époque. Moi, j'y tenais. Lors de l'entretien de présentation pour devenir secrétaire experte, j'avais affirmé que je tapais à la machine les yeux fermés, en un temps record, et que j'avais même gagné des concours et des croix en or… alors que je passais des heures à chercher le « d » ou le « l » sur le clavier, me demandant s'ils existaient et si on en avait vraiment besoin. C'est pareil avec la marche arrière. Je ne suis plus sûre qu'il y en ait une et je me demande à quoi elle sert.

Je coupe le moteur. Respire. Me récite les tables de multiplication de sept et de huit, remets le contact et… passe la marche arrière. Je me gare sous la fenêtre d'Eugène. Lève la tête. Un drap blanc ondule dans la nuit. Une grosse valise descend.

Je suis comme au cinéma, le nez collé à l'écran. Le générique défile, j'attends le début du film.

Eugène glisse le long du drap, un collier de chaussures autour du cou. Un petit boléro en peau de chèvre, à poil long orange, qu'elle a acheté à

Acapulco en assurant qu'il existait le même chez Dorothée Bis… cent fois plus cher.

Elle plonge avec tous ses atours telle une diva arrachée à son lit par un incendie. Je tiens le bout du drap. Parfois il se tend et crisse. Et s'il se déchirait ? Je ferme les yeux. C'était plus facile pour Dantès de s'évader du château d'If dans un cercueil de plomb que pour Eugène de dévaler le long d'un drap en coton.

Un couple passe dans la rue.

— Ça alors ! Vous dévalisez ? dit le type, ahuri, une main dans la poche, l'autre sur les fesses de sa copine.

— Mon amie a un train à prendre et a perdu ses clés, je réponds.

— Un train à c't' heure-ci ? dit la femme. Ça existe, ça, Raymond ?

— T'occupe ! Y a toujours des cinglés, vaut mieux pas les fréquenter.

Et il l'entraîne. La femme fait quelques pas, se retourne pour nous interpeller. Trop tard, Eugène est dans la voiture et je démarre.

On met un temps fou à trouver la maison-refuge. Le Prince Huppé a été brouillon dans ses explications.

On tourne, tourne, change de clignotant, allume nos phares, en plein, en vide, rate des intersections. Eugène rit, les pieds en l'air, les jambes en lampadaires. « Tourne, tourne, Mouflette », elle chante à tue-tête. Elle a retrouvé sa joie de vivre et sa valeur personnelle.

— C'est dingue ! J'avais perdu mes papiers. Je savais plus qui j'étais.

— Toi ? Eugène ?

— Suffit d'un mec féroce et t'as plus de force. J'avais même plus envie de vivre.

Elle caresse les longs poils orange du boléro acheté à Acapulco.

— Plus envie de vivre et pas envie de mourir. On fait quoi dans ce cas-là ?

Je sais pas. Je préfère regarder la route et chercher un panneau indicateur.

— On met tellement de temps à se trouver ! À savoir qui on est, ce qu'on veut… Je croyais y être arrivée, un mec passe et… Retour à la case départ !

Ce ne sont pas des mots en l'air. Ce sont des mots avec des racines. Eugène se demande comment elle a pu tomber dans ce piège. Elle creuse, creuse, elle veut comprendre.

— Ça peut arriver à toutes les femmes. Aucune n'est à l'abri. Tu m'aurais raconté ça au Mexique, je t'aurais ri au nez ! J't'aurais traitée de débile certifiée.

— Ça, c'est vrai, je souris.

— Ça veut dire que depuis des siècles on n'est pas sûres de nous, on se laisse attraper, rabaisser. Et, en plus, on se dit que c'est de notre faute ! La culpabilité est notre plus cruel ennemi.

— Tu étais peut-être amoureuse de lui et tu le savais pas ?

Eugène réfléchit.

— Il a de très belles mains, c'est vrai.

— Eugène ! Ça suffit pas !

— Si. Parfois. Et puis, au tout début, il était une solution pratique. Un critère assez médiocre, je l'avoue. Je n'ai pas été brillante sur ce coup-là !

C'est une qualité qu'on peut accorder à Eugène : elle ne se tartine pas d'illusions. Ni ne rejette la faute sur un piéton. Elle prend ses responsabilités. « C'est en reconnaissant ses erreurs qu'on cesse de les reproduire. » Elle a raison.

— Tu lui as laissé un mot avant de partir ?

— Bien en vue sur le lit. « Je m'en vais. Fais pas chier. » Je ne veux pas qu'il te harcèle.

— Pourquoi il me harcèlerait ?

Soudain, je n'ai plus de freins, je vais droit dans le ravin. Je n'ai jamais envisagé de représailles.

— Il va tout de suite comprendre que c'est toi qui m'as enlevée. T'es mon amie. Et il va vouloir se venger. Il peut être terrible, tu sais. Et si tu voyais ses copains !

— Le Prince Huppé m'a prévenue.

— Si je lui montre que je n'ai pas peur, il te laissera tranquille.

Eugène a sauté une case. Elle oublie un truc : l'homme, en général, est plus fort que la femme et, quand il tape, ça fait mal. J'en sais quelque chose.

Je me gare sur le bas-côté et proteste.

— J'ai pas envie de me faire boxer !

— Pourquoi tu partirais pas avec moi ? *On the road again…* Sur une île grecque, par exemple. La mer, le soleil, des livres…

— J'ai découvert quelque chose depuis le Mexique. Avant, je savais pas comment devenir moi-même. Maintenant, j'ai des pistes et j'ai envie d'essayer.

— Tu peux essayer partout.

— J'en ai pas fini avec Juliette. Cette femme m'inspire. Elle m'apprend plein de choses et je l'aime.

— T'es une sentimentale, je l'ai toujours dit !

J'ai envie de répliquer que ce temps-là est passé, mais je n'insiste pas. J'ai trouvé un bout de moi et je tire, tire sur la ficelle, sûre de m'attraper en entier. Et si je parle tout haut, c'est pour me renseigner. C'est comme ça qu'on finit par se donner des nouvelles.

On va de carrefour en carrefour. Eugène tient la carte à l'envers, ce qui n'arrange rien. Finalement, on aperçoit le nom du village. Et la voiture du Prince Huppé garée devant la villa-refuge. Je fais un appel de phares. Il descend, s'approche, se penche au-dessus de la porte et récite dans la nuit :

— « Je me sens toujours heureux, savez-vous pourquoi ? Parce que je n'attends rien de personne. Les attentes font toujours mal, et la vie est courte. »

— Milton ? je tente.

— Shakespeare. À votre service !

Je viens de trouver l'homme qui va me protéger de Milo.

Il dit « banco, je serai votre alter ego. Je mouche qui vous touche ». Je demande « c'est de qui ? » en trouvant cela très médiocre, mais sans le lui avouer pour ne pas le blesser. « C'est de moi », il répond, pas peu fier. Je me félicite d'avoir tenu ma langue muette.

Nous installons Eugène dans la grande villa. Elle appartient à des gens qui ont du potentiel, car y sont logés de nombreux domestiques. Eugène sera bien gardée.

Puis le Prince Huppé et moi repartons à Saint-Tropez sans nous égarer.

Le lendemain matin, je croise Milo au *Gorille*.

Eugène a raison, il a de très belles mains. Des mains de sacristain. Mais surtout, des doigts fins, presque élancés, mais pas francs du collier. Je l'imagine dans un film de truands en noir et blanc au temps de la prohibition, lui colle une paire de guêtres blanches et une mitraillette sur la hanche. Le détailler d'aussi près m'apaise. Dans mon scénario, il va mourir bientôt (fusillé par ses amis dans un garage de Chicago). Il n'aura ni le temps ni les moyens de me harceler. C'est un truc que m'a appris l'homme-qui-prétendait-m'aimer-et-me-faisait-pleurer. « Imagine la fin de ton ennemi et précipite-le dans l'abîme pour t'en débarrasser. »

Ce premier matin, au *Gorille*, il murmure, menaçant, « elle est où ? T'as intérêt à me le dire ou je te saigne le cou ». Je le toise comme une voiture sans roues.

Les jours suivants, il change de trottoir dès qu'il m'aperçoit.

Le Prince Huppé est passé par là.

Je rends ma chambre d'hôtel et file retrouver Eugène dans la villa-refuge. Il nous faut établir un plan de bataille afin qu'elle s'enfuie dans un pays où Milo ne la retrouvera pas.

Eugène choisit Mýkonos, île grecque inconnue, peuplée de chèvres et de moulins à vent.

— Seulement deux bateaux par semaine au départ du Pirée ! Onze heures de traversée ! Il ne viendra jamais me chercher là-bas. J'aurai la paix.

On vérifie dans un atlas. L'île est un confetti perdu dans les Cyclades.

— On dit un confetto, des confettis ? demande Eugène.

On cherche dans le dictionnaire. Le mot vient de l'italien *confetto* et signifie « boulette de plâtre », celle qu'on se lançait pendant le carnaval. Au fil des années, il a évolué en « petit morceau de papier », qu'on se lance par poignées quand on fait la fête. De « confetti » on passe à « spaghetti » avec la même interrogation. Un spaghetto, des spaghetti ? Non, pas du tout. *Spaghetti* est le diminutif de *spago*, « ficelle », en italien, et a dérivé en « petites ficelles » de pâte. On continue à interroger des mots jusqu'au milieu de la nuit. On s'endort, heureuses d'avoir appris tant de choses inutiles.

Le lendemain matin, en crevant le jaune de ses œufs au plat, Eugène me raconte son aventure au Mexique.

— Je sais que tu veux savoir. Je suis très touchée que tu ne me bouscules pas. Je déteste qu'on pénètre chez moi par effraction.

— Moi aussi.

— Tout a commencé à Londres…

Eugène a dix-huit ans, son bac en poche. Elle décide de ne pas faire d'études supérieures, mais de voyager. Elle met le cap sur Londres.

— J'étais dame vestiaire dans une boîte qui s'appelait *La Poubelle*. Je portais des minirobes, des faux cils à la Twiggy, de grandes lunettes blanches et rondes, je me dessinais des taches de rousseur et mangeais des *ice creams* carotte-vanille. Un soir, un grand Mexicain blond avec des yeux bleus m'a tendu son manteau. J'ai été écrasée par la foudre. Il avait deux ans de plus que moi. Il s'appelait Raphaël. Beau comme un prince tombé d'en haut. On a voyagé quelques semaines et on est partis pour Mexico.

« Tu n'as pas de famille ? » j'ai envie de demander. Pas de papa, pas de maman qui se font du souci pour toi et te retiennent par la manche ?

— J'ai rencontré sa famille. Les Montalo de Barba, très riches, très puissants. Ils m'ont tout de suite adoptée. J'étais la « *novia* », la fiancée de Raphaël. Et j'ai connu Pepe. Dans la famille Montalo, c'est le raté. Celui qui n'a « rien fait de sa vie ». Qui se repose sur ses lauriers.

— Ses lauriers ?

— Tu ne crois pas que Pepe vit de son hacienda, de ses fruits, de ses légumes et de ses poneys ?

— Ben… si. C'est ce que tu m'as dit en tout cas.

— Il dépense allègrement l'argent de sa famille. Sans aucun discernement, d'après certains. Beaucoup lui en veulent. Raphaël adorait son oncle. Il prenait toujours sa défense. Un jour, au marché de San Agustín, une bande de crétins déguisés en mariachis ont insulté Pepe devant Raphaël. Raphaël s'est battu avec eux « pour sauver l'honneur ». Ils l'ont embarqué sous mes yeux. Je ne l'ai plus jamais revu. On l'a retrouvé les bras attachés dans le dos, dans la rivière, le corps lardé de coups de couteau. Son chien, El Perro, avait suivi le camion des ravisseurs. Ils l'ont attrapé, torturé, il a réussi à s'échapper. On était à Acapulco quand Pepe m'a appris qu'on l'avait aperçu errant dans les collines de caféiers. C'est pour ça qu'on est parties chez Pepe.

— Et maintenant il est où, El Perro ?

— Là-bas. Je ne désespère pas de le faire venir en Europe. Il est tout ce qu'il me reste de Raphaël.

— Là, c'est toi qui deviens sentimentale !

— J'ai décidé de ne plus jamais tomber amoureuse. Ça ne me réussit pas. J'ai tellement peur de perdre mon bonheur que je suis malheureuse tout le temps.

— Mais il y a plein de vies dans une vie ! Tu n'as pas fini.

— Je pars pour Mýkonos. Je vais me reposer. Réfléchir. Lire. Je ne crois pas qu'on puisse changer quoi que ce soit dans le monde avant d'avoir changé quelque chose en soi d'abord.

— Vaste programme, je dis en souriant.

On appelle l'aéroport. On demande quand est le prochain vol pour Athènes. On n'a pas de temps à perdre. On trie ses affaires, on fait son sac. Elle emporte le fer à repasser.

— Tu vas pas en avoir besoin là-bas.

— Si. Je veux pas être frisée comme un mouton !

Eugène achète un aller sans retour pour Mýkonos.

Je la dépose porte 38 à l'aéroport de Nice. Elle tend son passeport au douanier, se retourne :

— Mouflette…

— Eugène…

Départ à destination d'Athènes, vol AF2509, embarquement porte...
SORTIE
EXIT
LIVRES
TABAC
PRESSE
CADEAUX
DÉPARTS
DEPARTURES

— On laisse faire le hasard ?
— T'as envie ?
— Pas trop.

Je lui donne mon numéro à *Cosmo*. J'ai un bureau maintenant, une feuille de paie. Elle le range dans son porte-monnaie.

— C'est peut-être ça, devenir vieille ? elle dit.

Et on rit parce qu'on a trop envie de pleurer.

REMERCIEMENTS

Ce livre est né une nuit d'avril 2020 par la grâce d'un message sur Instagram. Mon amie Eugène postait mots et photo, célébrant la beauté du monde et la bêtise des hommes.

Prise d'une transe de joie, un long voile de bonheur se posa sur moi. Eugène était revenue et me donnait des nouvelles ! Eugène, avec laquelle j'avais fait les cent mille coups, Eugène, que je dévorais en secret tellement elle m'épatait, Eugène, l'amie la plus volatile du monde. Entre deux avions, dans une rizière en Chine, un bidonville à Brazzaville, un tournoi de tennis à Hong Kong, un marathon à New York.

J'avais du mal à la suivre alors que je l'avais longtemps accompagnée en jouant à saute-mouton par-dessus les dangers.

Le confinement me la rendait.

Confinée, je l'étais. Avec trois personnes que je chérissais. Nous étions parties pour trois jours, nous allions passer trois mois ensemble. Sans accroc ni bémol. Le matin, j'écrivais. L'après-midi, aussi.

Le soir, je parlais avec Eugène, on riait, on se disait « quand même ! Tu te rends compte ! ». On mettait des points d'exclamation sur notre passé.

Un jour, au téléphone, je racontai notre histoire à Anne Boudart et elle m'envoya un premier dessin. Puis un deuxième, un troisième…

Eugène et moi naissait.

Merci à Pascale, Candice, Alix. Joie de passer ces drôles de semaines ensemble ! De regarder des séries, de manger du « quinoua », de promener Boy (épuisé !), d'écouter Benjamin Biolay, *Comment est ta peine ?* en rengaine, Lomepal, Rilès, The Weeknd, Nino Ferrer, Nina Simone, etc.

Merci à vous trois. Je vous aime pour la vie et encore après, si possibilité !

Merci à Marion, à Karine, avec lesquelles j'ai beaucoup, beaucoup aimé travailler.

Merci à Francis et Richard, mes éternels complices.

Merci à Anna, jamais loin, toujours attentive. Mon agente, mon amie.

Merci à Sandrine, au bout du fil le soir.

Merci à Corinne H. et ses cours de gym sur FaceTime.

Merci à Anne, Thierry, Carole, toujours là.

À Jean-Marie et Romain, mes amours d'hommes.

Et merci, merci à Anne Boudart et son crayon qui m'enchante, Anne qui est entrée dans le jeu et a pris une si belle place…

DE LA MÊME AUTEURE :

Aux Éditions Albin Michel

J'ÉTAIS LÀ AVANT, 1999.
ET MONTER LENTEMENT DANS UN IMMENSE AMOUR…, 2001.
UN HOMME À DISTANCE, 2002.
EMBRASSEZ-MOI, 2003.
LES YEUX JAUNES DES CROCODILES, 2006.
LA VALSE LENTE DES TORTUES, 2008.
LES ÉCUREUILS DE CENTRAL PARK SONT TRISTES LE LUNDI, 2010.
MUCHACHAS, 1, 2 et 3, 2014.
TROIS BAISERS, 2017.
BED BUG, 2019.

Chez d'autres éditeurs

MOI D'ABORD, Le Seuil, 1979.
LA BARBARE, Le Seuil, 1981.
SCARLETT, SI POSSIBLE, Le Seuil, 1985.

LES HOMMES CRUELS NE COURENT PAS LES RUES, Le Seuil, 1990.
VU DE L'EXTÉRIEUR, Le Seuil, 1993.
UNE SI BELLE IMAGE, Le Seuil, 1994.
ENCORE UNE DANSE, Fayard, 1998.

Katherine Pancol
katherinepancolofficiel
Site internet : https://www.katherine-pancol.com

Katherine Pancol
au Livre de Poche

Bed bug n° 35962

Rose est une jeune biologiste. Elle fait des recherches à Paris et à New York sur une luciole, *Lamprohiza splendidula*, qui semble très prometteuse pour la science médicale. Si elle étudie avec grande maîtrise l'alchimie sexuelle des insectes et leur reproduction, elle se trouve totalement désemparée quand elle tombe amoureuse. La vie n'est pas comme dans un laboratoire. Et ce n'est pas sa mère (cachée derrière des lunettes noires) ni sa grand-mère (qui parle à Dieu et à ses doigts de pied) qui vont pouvoir l'aider…

Les écureuils de Central Park sont tristes le lundi n° 32281

Souvent la vie s'amuse. Elle nous offre un diamant, caché sous un ticket de métro ou le tombé d'un rideau. Embusqué dans un mot, un regard, un sourire un peu nigaud. Il faut faire attention aux détails. Ils sèment notre vie de petits cailloux et nous guident. Les gens brutaux, les gens pressés ignorent les détails. Ils veulent du lourd, du clinquant, ils ne veulent pas perdre une minute à se baisser pour un sou, une paille, la main d'un homme tremblant. Mais si on se penche, si on arrête le temps, on découvre des diamants dans une main tendue… Et la vie n'est plus jamais triste. Ni le samedi, ni le dimanche, ni le lundi…

Embrassez-moi n° 30408

C'est à New York aujourd'hui. C'est à Rochester dans les années 1980. C'est à Hollywood… C'est à Paris… C'est en Tchéquie avant et après la chute du Mur… Angela est française. Elle est souvent passée à côté de l'amour sans le voir mais cette fois, elle est face à sa peur viscérale d'aimer… Louise est américaine, ancienne star de cinéma. Elle dialogue avec Angela, lui raconte sa vie, ses amours, ses échecs. Virgile est français. Il aime, mais il se méfie, on ne sait presque rien de lui… Mathias est tchèque. Rien ne peut le détourner de sa route. Il refuse de s'abandonner. Ces femmes, ces hommes traversent le chemin d'Angela, la narratrice, qui cherche désespérément un fil. Le fil de la mémoire, de l'amour, du désir, de la liberté d'aimer ou de répéter sans arrêt les mêmes peurs, les mêmes douleurs, les mêmes échecs…

Encore une danse n° 14671

Clara, Joséphine, Lucille, Agnès, Philippe et Rapha ont grandi ensemble à Montrouge. Ils ont habité le même immeuble et sont allés dans les mêmes écoles. Depuis, leurs vies ont pris des tournants différents mais leur amitié a résisté au temps, à la réussite des uns, aux échecs des autres. Ils pratiquent toujours leurs rites d'amitié, même si leur « musique », parfois, émet quelques fausses notes. Mais une nouvelle épreuve, plus sournoise, plus terrible, s'annonce, et le groupe menace de voler en éclats…

Et monter lentement dans un immense amour… n° 15424

C'est beau un homme de dos qui attend une femme. C'est fier comme un héros qui, ayant tout donné, n'attend plus qu'un seul geste pour se retourner.

J'étais là avant n° 15022

Elle est libre. Elle offre son corps sans façons. Et pourtant, à chaque histoire d'amour, elle s'affole et s'enfuit toujours la première. Il est ardent, entier, généreux. Mais les femmes qu'il célèbre s'étiolent les unes après les autres. Ces deux-là vont s'aimer. Il y a des jours, il y a des nuits. Le bonheur suffocant. Le plaisir. Le doute. L'attente. Mais en eux, invisibles et pesantes, des ombres se lèvent et murmurent : « J'étais là avant. » Des mères qui les ont aimés ou trahis, qui ont rêvé, souffert, espéré. Des mères qui vivent encore en eux et les empêchent d'aimer. On n'est jamais tout seul dans une histoire d'amour. On est tous les autres et toutes les autres qui ont aimé avant nous. *J'étais là avant* est le roman d'une femme qui se libère de ses démons. Qui nous libère de nos démons…

Muchachas 1 n° 33692

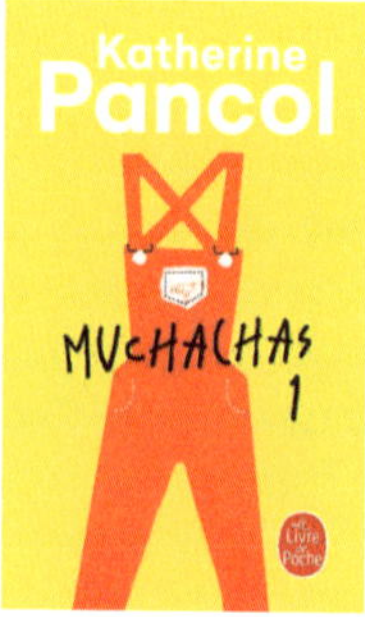

Les filles sont partout dans ce roman. Elles mènent la danse. De New York à Paris, de la Bourgogne à Londres ou Miami. Et les hommes ? Ils sont là aussi. Mais ce sont les muchachas qui dansent, dansent, dansent. Elles font voler les destins en éclats. Et ça n'en finit pas !

Muchachas 2 n° 33726

Ces filles-là sont intrépides. Elles cachent leur peur sous un sourire. C'est le plus sûr moyen pour avancer, inventer, s'inventer. Elles déploient leurs ailes, s'envolent, tombent et repartent de plus belle. Il y a des secrets, des mystères, des trahisons. Des obstacles à surmonter. Des mots d'amour lancés à la volée. La vie, quoi !

Muchachas 3 n° 33772

Pour certaines, c'est l'heure de la revanche. Pour d'autres, celle de la délivrance. Ou de l'espérance. Tout se noue, se dénoue, se renoue. On ne sait jamais ce qui va arriver. On retient son souffle, on croise les doigts. Et viva las muchachas !

Trois baisers n° 35328

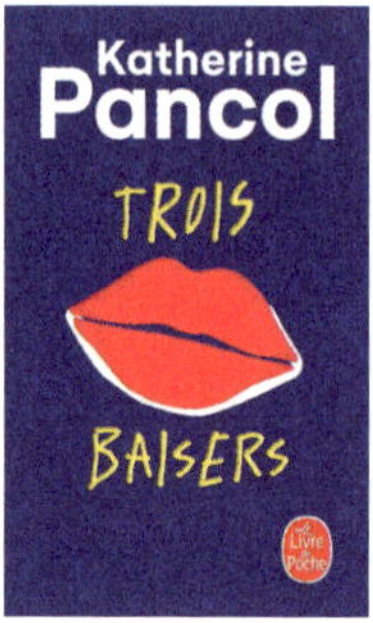

Trois baisers, trois baisers et l'homme caracole, libre, flamboyant, crachant du feu et des étoiles. Ses sens s'affolent, il voit mille lucioles, des pains d'épices, des incendies…

Un homme à distance n° 30010

Ceci est l'histoire de Kay Bartholdi, un roman par lettres comme au XVIIIe siècle. Un inconnu écrit à Kay, libraire à Fécamp, pour lui commander des livres. Au fil des lettres, le ton devient moins officiel, plus inquisiteur, plus tendre aussi. Kay et Jonathan parlent de leurs lectures, certes, mais entament un vrai dialogue amoureux. Ils se font des scènes, des confidences, s'engagent peu à peu dans une relation que Kay, hantée par le souvenir d'une déchirure ancienne, s'efforce de repousser… Dis-moi ce que tu lis, je te dirai qui tu es et comment tu aimes… semble dire ce roman de Katherine Pancol, auteure, entre autres, d'*Encore une danse, J'étais là avant* ou *Les Yeux jaunes des crocodiles.*

La Valse lente des tortues n° 31453

Ce livre est une bourrasque de vie… Un baiser brûlant du seul qu'on ne doit pas embrasser. Deux bras qui enlacent ou qui tuent. Un homme inquiétant, mais si charmant. Une femme qui tremble et espère ardemment… Un homme qui ment si savamment. Une femme qui croit mener la danse, mais passe son tour. Des adolescents plus avertis que les grands. Un homme qui joue les revenants. Un père, là-haut dans les étoiles, qui murmure à l'oreille de sa fille… Un chien si laid qu'on s'écarte sur son passage. Des personnages qui avancent obstinément, comme de petites tortues entêtées qui apprendraient à danser lentement, lentement, dans un monde trop rapide, trop violent…

Les Yeux jaunes des crocodiles n° 30814

Ce roman se passe à Paris. Et pourtant on y croise des crocodiles. Ce roman parle des hommes. Et des femmes. Celles que nous sommes, celles que nous voudrions être, celles que nous ne serons jamais, celles que nous deviendrons peut-être. Ce roman est l'histoire d'un mensonge. Mais aussi une histoire d'amours, d'amitiés, de trahisons, d'argent, de rêves. Ce roman est plein de rires et de larmes. Ce roman, c'est la vie. Ce roman a obtenu le Prix Maison de la Presse en 2006.

PAPIER À BASE DE FIBRES CERTIFIÉES

Le Livre de Poche s'engage pour l'environnement en réduisant l'empreinte carbone de ses livres. Celle de cet exemplaire est de :
350 g éq. CO_2
Rendez-vous sur www.livredepoche-durable.fr

Composition réalisée par PCA

Achevé d'imprimer en décembre 2021 en Espagne par
GRAFICAS ESTELLA
Dépôt légal 1re publication : février 2022
LIBRAIRIE GÉNÉRALE FRANÇAISE
21, rue du Montparnasse – 75298 Paris Cedex 06

79/3854/6